モブの俺が巻き込まれた乙女ゲームは
ＢＬ仕様になっていた！

CHARACTER
セイアッド・
ロアール
乙女ゲームのモブで
伯爵子息。
ノクスの優先順位が
何にもまして高く、ほかの
物事にこだわらない。
ノクス・
ウースィク
乙女ゲームの
隠し攻略対象。
黒目黒髪で周囲に
恐れられがちだが、
セイアッドには甘く、
独占欲を抱く。

フィエーヤ・ウェントゥス
攻略対象者。宰相の息子で本の虫
リール・ブルスクーロ・アナトレー
攻略対象者。アナトレー帝国第二王子。やんちゃで強引な性格。
シムオン・トニトルス
攻略対象者。魔法オタクで料理が大好き。
ロシュ・フェヒター
攻略対象者。騎士団長の息子。裁縫上手。
ヘリスウィル・エステレラ
攻略対象者。エステレラ王国の第二王子。俺様気質だが気さくな人柄。

プロローグ　最推し（ラスボス）からのプロポーズ⁉

俺は通利《とおり》一平《いっぺい》。中肉中背で、目立つところのない、どこにでもいる印象の薄い男だ。そんな平々凡々な社畜の俺は隙間時間にできるソシャゲが趣味だ。

その中でもドはまりしたのが「星と花と宵闇《よいやみ》と」だった。王道のスマホゲームで課金アイテムで攻略の難易度が変わる、制作会社の課金しろよの意図丸わかりのゲームだった。

そんな無課金派の俺泣かせのゲームだったが、声優陣の豪華さと美麗なイラストのおかげか人気があった。特にＲＰＧパートが秀逸で、無課金でもそこそこに楽しめた。

ストーリー部分は異世界から来た主人公が星と花の力の担い手になり、魔王を倒して好感度の高い攻略キャラとハッピーエンドになるという王道乙女ゲーム。

舞台は貴族学院で、攻略キャラは第二王子、宰相の息子、騎士団長の息子、魔法師団長の息子、留学中の隣国の王子、隠しキャラの魔王の六人。俺は隠しキャラが好きだった。俺の最推しだ。

そう隠しキャラは魔王。ラスボスだ。

彼の攻略ルートは倒すのではなく、主人公の愛によって闇落ちから解放する。そして二人は結ばれてハッピーエンドとなる。トゥルーエンドとファンの間で話題になった。

俺にこのゲームを勧めてくれたオタク仲間のはなは魔王ことノクス・ウースィク推しだった。俺より早く、魔王攻略ルートを進めていたはずだ。その彼女と、某イベントの打ち上げで盛り上がったあとから、記憶がない、と言うより思い出せない。

そして俺は「星と花と宵闇と《よいやみ》」のゲームの世界に転生していた。

本編に全然絡まないモブキャラ、セイアッド・ロアールとして。

今の俺の目の前にはその魔王、ノクス・ウースィク（今は公爵家の嫡子）がいる。彼は宵闇《よいやみ》の君と言われるほど美しい鳥の濡れ羽色の髪に漆黒の瞳を持つ超絶美形だ。エフェクトが自然発生するのか、最近とってもきらきらしている。たまに見惚れてしまうが、最推しだから仕方がないのだ。

その美形はなぜか、俺に壁ドンをしている。

ここは貴族学院の上級寮へ向かう廊下だ。今は俺たちのほかは誰もいない。しんとした薄暗い廊下だ。しかしだ。こんなところで、男の俺にするべき行動ではない。

「セイ、バース鑑定の結果、どうだったんだ？」

あ、ちなみにこの世界、オメガバース設定がある。乙女ゲーム「星と花と宵闇と《よいやみ》」にはそんなBL仕様はなかった。だからやっぱりゲームの世界ではなく、酷似した異世界だろう。

「え、あー……言わなきゃダメ？」

言いたくないんだよな。俺のアイデンティティが崩壊する。

「ちなみに俺はアルファだ」

やっぱりね！　だって、百八十五センチメートルの高身長、剣術で鍛え上げた体は服を着ていると細身に見えるけど、中身は筋肉バキバキだもんね。

オメガなわけないよね。基本、オメガは小っちゃくて可愛いはずだから。

ちなみに貴族はアルファかオメガだ。それが貴族である証。

平民は皆ベータだ。ベータの子は両親ともベータからしか生まれず、アルファはオメガからしか生まれない。ただ、たまに魔力が強い者が平民の間に生まれることがある。その者はたいていオメガだ。ベータの間に生まれた魔力の強い者はその土地を治める領主貴族の元に引き取られ、バース鑑定でオメガと判明したあと、養子縁組をして貴族になる。騎士や、なにかしらの功績があった平民にはベータの爵位持ちもいるが、騎士爵や準男爵で厳密にいえば貴族ではない。

「セイはどっちだったんだ？」

答えに窮している俺の髪を掬《すく》い取って弄《もてあそ》ぶ俺の幼馴染、ノクス。

その仕草も色気駄々洩れなんだけど。

俺は短いほうが楽なのに『セイは、綺麗な銀髪だから、伸ばしたほうが似合うよ？』とノクスが言ってくれたおかげで、その時母から短髪禁止令が出た。腰まである髪はノクスのせいだよね？

「……だよ……」

「ん？」

聞こえないなあ、と言わんばかりに顔を近づけてくる。心臓に悪い。顔が火照《ほて》るじゃないか。

「あーもう！　オメガだよ！　悪かったな！」

思わず恥ずかしくて叫んでしまった。

俺は、ノクスと同じように鍛えたのに全然筋肉がつかなかった。剣は普通で、魔法の腕ばっかり磨かれちゃったけど！　オメガだったせいか！

「なぜ悪いんだ？　私は賭けに勝った」

「はあ？　賭けなんてしたっけ？」

ノクスは俺の顎をくいっと持ち上げて顔を近づけた。

待って、近い近い！

ノクスから香る甘い匂いが俺の頭を痺れさせる。心臓が不整脈気味だ。最推しの顔は破壊力が強すぎる。

「約束したじゃないか。オメガだったら私がセイをもらうって」

『ぼ……私は、セイがオメガだったら、伴侶に迎えたい』

まだ幼いころのノクスの言葉を思い出した。きゅっと心臓が締め付けられる。

「改めて、結婚を申し込むよ。私のセイ。私の伴侶になって一生を共にしてほしい」

チュッとリップ音がして柔らかくあったかいものが唇に触れて離れていった。

呆然と見上げていると背景に花が咲いたような、輝いた笑顔を見せてノクスは言った。

なに俺のファーストキス、さらりと奪ってんだよ⁉　父に節度って言われてるだろう⁉　ノーちゃんの馬鹿！　俺の顔は今茹でダコだよ！

あ、ダメだ意識が……

「え⁉　セイ⁉」

俺はあまりのことにひっくり返ったらしい。

薄れていく意識の中で慌てたノクスの声が聞こえた。

まったく、どうしてこうなった？

モブキャラに転生したのはまだいい。なのに、主要キャラと次々知り合って、最推しのラスボス隠しキャラにプロポーズされるなんて。

しかも、俺が巻き込まれた乙女ゲームがＢＬ仕様になっていた！　なんて。

ほんとにどうしてこうなったんだ？

第一章　モブの俺が最推しの幼馴染!?

俺の生まれたこの国はエステレラ王国といって、王政の国だ。

貴族は領地を持つ貴族と持たない法衣貴族がいる。うちは豊かな穀倉地帯を持つ、歴史だけは古く、そこそこ税収がいいけれど、ちょっと王都からは遠い田舎貴族といったところだ。

その伯爵領の隣、王都との間に位置する領地を持つのがウースィク公爵家だ。

古くからの王家の血筋で代々魔力に秀で、王家を補佐している。かなり順位は低くなるがノクスも一応王位継承権を持っていたりする。

領地が隣り合う関係上、寄り親と寄り子関係を持つのが、ウースィク公爵家と我がロアール伯爵家なのだ。そのため、普段から交流があり、冠婚葬祭は必ずお互いの家の誰かが出席していた。

この世界は多神教でそれぞれの領地や教会、人によって主神となる神が違う。王都や、四大公爵家の領地は太陽神が主神だった。ウースィクの領都の教会の主神も太陽神だ。

子供の死亡率が高いので生まれたときには公表せず、五歳を超えたら正式に周知する。そのための儀式が五歳の祝い式だ。この祝福の儀は五歳の誕生日を迎えた次の年の子供が春に全員でやるから誕生日によっては六歳だったりもするんだけど、そこは仕方ないよね。

俺とノクスは同い年だ。五歳の祝福の儀を同じ教会で受けるため、俺と両親はウースィク公爵邸に滞在し、そこで初めて出会った。

「初めまして、ノクスというの。仲よくしてあげてね」

そう、金髪に青い目の美人、ウースィク公爵夫人から紹介されたのは黒髪黒目の天使。

父親で夫人と同じ金髪青い目の優しげなイケメン、ウースィク公爵に抱っこされて俺のほうを見るお人形のような超絶可愛い子供のノクス。

前世を思い出す前のぽやぽやした子供だった俺は、ぽかんとした顔でノクスに見惚れていた。

「てんし……てんしがいりゅ……」

噛んだ。その俺を見てほわりと微笑んだ黒髪の天使。目の保養だった。

「まあ、こちらこそ、うちのセイアッドと仲よくしてくださると嬉しいわ」

うちの母親と公爵夫人はよく個人的なお茶会を開いていたらしく、仲がよかった。親しく話しているので、問題はないのだろう。

「セイア……セイ」

ノクスはセイアッドと言えなかった。このときから、ノクスは俺をセイと呼ぶようになった。

親から呼ばれていた愛称だったので、俺は特に気にせず思いっきり笑顔で返事をした。

「うん！」

ノクスは俺の返事に少し驚いたような顔をしてから、すぐに満面の笑みを浮かべた。

その笑顔にも俺は見惚れた。

公爵の馬車で移動し、ウースィク公爵領の領都の教会で司祭の祝福を受けたあと、公爵家のお祝い式に出席した。近隣の寄り子と交流のある貴族を集めた、五歳の子供たちのお披露目を兼ねた交流会だ。五歳の子供は俺も含めて壇上に上がり、集まった招待客に身分の低い順に紹介された。最後のノクスの紹介のとき、公爵の子供にしては拍手もまばらで妙な雰囲気だったのに、俺は首を傾げた。その一連の式典が終わるとパーティーが始まった。

会場は広いホールでそこかしこにお菓子やフィンガーフードがあり、子供でも食べやすくしてあった。言えば給仕がすぐ取ってくれる。

大人たちは社交が忙しく、子供は子供の交流の場ができていた。

こんな盛大なパーティーに参加するのは初めてで、俺は気後れしていた。きょろきょろと知っている顔を探したがいるわけがない。不安な気持ちでうろうろしていると、目の前に皿が突き出された。その皿の持ち主は今日の主役のノクスだった。

「どうぞ。セイ」

澄んだ声が心地いい。滑舌は俺よりずっとよかった。

「ありがとう」

可愛くて美味しそうなカラフルなお菓子が載せてあった。遠慮なく口に放り込むと上品な甘さが広がる。あとにして思えば砂糖菓子か砂糖でコーティングしたクッキーだったのだろう。

「おいしい！」

「よかった」

俺たちがお菓子を堪能していると少し年長の見知らぬ子供がやってきて、いきなりノクスの髪を引っ張った。

「な、なにするの！」

蛮行にびっくりした俺は思わずその子供の腕を掴んだが、すぐに振り払われて転んでしまった。

「セイ！」

ノクスは自分が痛い思いをしているのに俺を気遣うなんて尊い。

「こいつはふぎのこだって。しかも、ふきつなくろいろなんてあくまのこだってさ。こんないろのかみ、見たことないぞ！」

ノクスの表情が陰ったのを見た俺は、ノクスの髪をまだ掴んでいるそいつに向かってグーで殴り掛かった。

「見たことないほどきれいなかみなのに！　いじわるはやめて！」

しかし、その子供は俺より体が大きく俺の拳は届かないばかりか、逆にタコ殴りにされかかった。

すぐに公爵家の使用人が気付いて止めに入り、騒ぎは収まった。

俺は何発かもらってあっけなく気絶してしまった。

意識が闇に落ちる寸前、俺の名を呼ぶノクスに心配しないように伝えたかった。

◇◆◇　◇◆◇

声が聞こえた。

『私はなにもしていない。なのに、黒は闇の色だと、悪いことはすべて私がいるせいだと、責め立てられる。ならば私を憎む人々を蹂躙《じゅうりん》してもしなくても同じこと、敵を滅ぼすのは正当防衛と思わないか？』

『お前だけは違うと思ったのに、やはり、この色は怖いのか？』

『もういい！　言い訳はいい！　この手を離した事実がすべてだ！　すべて滅びればいい』

『私が魔王だ』

ああ、最推しが泣いている。

ソーシャルゲーム「星と花と宵闇《よいやみ》と」の俺の最推しである宵闇《よいやみ》の貴公子、ノクス・ウースィク。

闇の色である黒目黒髪をもって生まれた、悲劇の子。

闇属性＝魔ではないのだけれど、この世界は黒色を恐れる。太陽神が宵闇《よいやみ》の神を敵視しているから。

だから宵闇《よいやみ》の神に連なる闇属性を持つ人々は迫害され、淘汰された。もともと、闇属性を持つ人は稀で、更に黒髪黒目の両方を持つ人はほとんどいないけれども。

ノクスはそれに加えて膨大な魔力を持ち、安定するまで熱で何度も倒れたという。だから子供が参加するお茶会にはほとんど出席はしないまま、貴族学院に入学した。

親しい者がいない中、謂れのない罪の糾弾や差別に晒され、闇落ちするのだ。

きっかけは主人公。自分を理解してくれると思った唯一の希望にも裏切られた彼は、魔王として覚醒し、世界を滅ぼそうとする。主人公は度々説得するけれど、火に油を注ぐことになって結局、攻略対象とともに彼を討ち取ってしまう。

俺にはどうしても納得できない結末だった。

だから俺はどうにかして彼を救えないかと頑張った。彼のハッピーエンドが存在すると知って。

隠しキャラであるノクスを攻略するには課金アイテムを購入の上、特殊イベント（要するに課金アイテムで通常の攻略キャラルートを完全制覇した上でニューゲーム）を経ないと攻略ルートが現れない。

俺は必死に課金してほかの攻略対象者の完全制覇までたどり着いた。やっとノクスルートを攻略しようとした矢先、死んだらしい。

あー、乙女ゲームの世界に転生なんて本当にあるんだな、と夢の中で思った。

多分、ノクスの救済エンドを見て死にたかったとか、今際の際に思ったんじゃないかな？

しかも俺はモブだ。人物紹介の際、背景に影で写り込むだけのモブキャラ、セイアッド・ロアール。第二王子の側近候補として公式の設定資料集に載っていた気がする。

モブなら、本筋には巻き込まれないはず。乙女ゲームの主要キャラたちを遠目に見て、スローライフを満喫しよう。平和にのほほんと生きていきたい。

前世の記憶が次々蘇って、今の俺、セイアッドに収束していく。

五歳までの記憶も性格も、セイアッドと、通利一平が混ざってセイアッド・ロアールになる。

ゆっくりと意識が浮上した。目を開けると、泣いているノクスの顔があった。

「セイ！　よかった」

ノクスがいるということは、ここは公爵のゲストルームだろうか？　ノクスの後ろに両親もいる。どうやら治癒師を呼んで治療してくれたようだった。殴られたところはもうすっかり跡形もなかった。

「よかった。セイ、怪我は全部治してもらったのだけど、念のため、安静にしたほうがいいらしくてしばらくこちらでお世話になるの。眠かったらもう寝なさい」

額を優しく撫でてくれた母の手に眠気を誘われ、頷くと眠りに落ちていく。手をノクスが握っていたのに気付いて握り返した。

「ノーちゃん、だいじょう、ぶ……」

心配しないで、という間もなく寝落ちてしまった。

次に起きたとき、ノクスはいなかった。

仕事がある父は王都へ旅立ったようだ。母と俺は護衛騎士と身の回りの世話をする専属メイドの数人とともにしばらくウースィク公爵家に滞在することになった。

俺は翌朝にはすっかりよくなり、朝食を母とともにノクスと公爵夫人と取った。

教育が始まっていたのでマナーは問題なく、五歳児に目くじら立てる人はいなかった。

ノクスはにこにこと俺のほうを見ながら、食事をしていた。

食事が終わったら談話室に移動して、昨日の顛末を聞いた。

乱暴を働いたのは侯爵家の次男。あとから知ったが、元から権威主義で貴族至上主義のいわゆる貴族のダメな見本。多分親が話しているのを聞いて、そのまま口にしたんだろう。親は腹芸ができるが、子供はそうもいかない。

昨日の事件は子供が起こしたこととはいえ、暴力をふるわれたので謝罪を受けたが、今後はノクスに接触禁止となった。もちろん俺とも。

「もう、怖い目にはあわせないから安心してね」

にっこりと笑った公爵夫人は優しく俺に言ったが、問題を起こした侯爵の子息を語るときは目が笑っていなかった。もちろん俺は気付かないふりをした。

ツン、と髪を摘まれた。遠慮して触ったのがわかるから、首を傾げただけにとどめた。

なにか言おうとして何度かやめ、躊躇《ちゅうちょ》しながらノクスが言う。

「セイは、綺麗な銀髪だから、伸ばしたほうが似合うよ？」

俺はぽかんとした間抜け面を晒しただろう。

「そうね。セイアッド君は長い髪のほうが似合うわ」

「私も思っていたの。セイはしばらく短髪は禁止ね」

両母親が頬を染めて興奮を隠せない様子が目の端に見えた。更にメイドさんたちの興奮が如実に伝わり、俺はなにかを諦めたのだった。

その後、診察で異常なしと太鼓判を押してもらった俺とノクスは「遊んでらっしゃい」、と庭に放り出された。

よく手入れされた庭を手を繋いで歩く。もちろんお付きのメイドさんが後ろにいるし、護衛も一人少し離れて俺たちを見ている。

今は春で色とりどりの花が咲き乱れ、とてもいい匂いがする。蝶もひらひらと飛んでいて美しい庭だった。

「案内するね」

そう言って俺の手を握ってひっぱるようにここへ連れてきた天使は、手を握ったまま傍らでにこにこと微笑んでいる。

最推しが尊い。

思わず見惚れてじっと眺めてしまうのは仕方ない。前世で幸せを願った最推しの幼少時の笑顔だ。

「セイはいつもどんなことして遊ぶの？」

「んー？　おにわでかけっこしたり、お話してもらったり、いろいろ？」

五歳児だから。今の俺、五歳児。

意識は前世の記憶が戻ってわりと大人だけど、滑舌は五歳児。たどたどしくて自分で恥ずかしくなる。演技しなくていいのはいいけど。

そうしてかくれんぼに決まった。範囲は庭園。花がいっぱいだし、四阿《あずまや》もあるしで、隠れられるところはたくさんある。

ノクスが鬼で俺が隠れることが決まり、今花壇の後ろにしゃがんでじっとしている。しばらくすると後ろからがさがさと音がして足音が聞こえた。

振り向くと、ノクスがいた。

「見つけた！」

嬉しそうに俺に抱きついてきたノクスに驚いて、尻もちをついてしまったのは仕方ない。

それから何度か鬼を交代してお昼まで遊んだ。

ノクス付きのメイドさんがにこにこしていた。俺を見る目はすごく優しかった。

お昼が終わったら、今度はノクスの部屋にお邪魔することになった。

ノクスの部屋はベルサイユ宮殿のように豪華な装飾が施されていた。

「ふあー……広いね……」

思わず見回して言ってしまった。

大丈夫、俺五歳児。

「そうかなあ……」

首を傾げる仕草も尊い、ではなくて。広い天蓋《てんがい》付きのベッドに、低めのデスクに椅子。

その上には束になった紙と筆記具。この世界は普通に植物紙があって鉛筆もある。さすがにボールペンやサインペンはないけれど、万年筆はある。

「ノーちゃん、あれ、なあに？」

デスクの上を指して言う。あ、指さしはマナー違反だっけ？

「文字のおべんきょうをしてるの。そのどうぐだよ。れんしゅうするから」

もうしてるんだ、お勉強。俺はマナーや読み聞かせはしてもらってるけど、うちは基本のんびりだからなあ。本格的な勉強はまだ先になりそうなんだけど。

「おべんきょう！　すごいね！」

ノクスが赤くなった。あれ？　照れてる？　褒められ慣れてないのかな？　ノクスは優秀なはずだからきっとすぐ覚えてしまうんだろうな。

「どんなことしてるの？」

聞いたらいろいろ教えてくれた。

もう家庭教師がついていること。予習復習をしていること。

ただ体が弱いので、本当は剣術を習わないといけないけど、できないこと。

「からだ、よわいの？」

「うん。すぐ熱が出るんだ」

「そっかー……つらいね。ノーちゃんはがんばりやさんだから、ねつが出るんだね」

「え、そ、そうかな？」

「こどもはねつでるたび、じょうぶになるんだよ」

免疫ができるからな。でも、ノクスの熱が出るのは、魔力が多すぎる弊害だろうから違うと思うけど。頭を使えば知恵熱くらい出るし、子供は寝るのが仕事なんだから寝てていい。

「いっぱい寝るのがこどものしごとだよ！」

そう言ったら、ノクスはぽかんとしてそのあと笑い出した。

「そっか。寝るのがおしごとかあ……そういえばお昼のあといつも寝てたね。おしごとする？」

「おひるね？」

「そう」

「そういえば、ぼくもいつもおひるねしてる！」

「では、お昼寝の準備をしてきますね」

メイドさんが出ていって部屋に二人きりになる。

デスクの上の紙を手に取って、文字を教えてもらおうかな、としたときそれは起きた。

突然、ノックもなく部屋の扉が開いて年若いメイドが掃除用具を手にずかずかと入ってきた。

俺たちが声も出ずにびっくりしていると、そのメイドはやっと気づいて俺たちを見た。

目に嫌悪の色が浮かんだのを俺は見逃さなかった。多分、ノクスも。

「ひっ……坊っちゃん、いらっしゃった、のですか……」

声に脅えが出て、あとずさった。目線はノクスの髪に向かっている。

年若いメイドは嫌悪の表情に顔を歪めつつ、パッと身を翻して扉のところで立ち止まって軽く頭を下げた。

「し、失礼、しました！」

失礼なメイドは最後まで失礼で、扉を音を立てて閉めて出ていった。廊下をどたばたと駆けて去っていく足音が聞こえる。

公爵家のメイドとしては程度が低すぎた。いいのか、あれ。

「ノ……」

声をかけようとしてノクスの握り締めた手が震えているのが見えた。顔に視線を向けると唇を噛み締め、ぽたぽたと涙を零していた。

ごお、と耳元で風が鳴り、ノクスの周りを竜巻のように空気がうねった。

魔力暴走だ。ゲームでのノクスが幼いころ、よく起こしていたそれ。

「ノ、ノーちゃん！　おちついて！」

俺は抱きついて、ノクスを落ち着かせようとした。

デスクの上の紙が舞って俺たちに切り傷を作る。

「ノーちゃん!!」

大きく叫ぶと俺の声がやっと届いたのか、はっとして俺のほうを見る。

「ぼ、ぼく、セイにけが、させちゃった……？」

ノクスは俺の頬の小さな傷に震える手を伸ばす。

「だいじょうぶ。おにわに迷い込むと、こんなのしょっちゅうだよ？　全然平気」

ノクスの両手を握って安心させるように、にっこりと微笑んだ。

バタバタと靴音がして、メイドさんや執事、俺とノクスの母親が飛び込んできた。多分、物が落ちる音や、椅子が倒れた音が聞こえたんだろう。

部屋の中は暴風に晒されたように物があちこちに散乱している。綺麗なカーテンも引き裂かれ、紙が床に散らばっていた。インク瓶も落ちて毛足の長い、ふかふかした絨毯《じゅうたん》に染みを作っていた。

「これは……」

俺の母親が戸惑った目で部屋の惨状と俺たちを見る。

「ノクス……」

公爵夫人がゆっくりと俺たちに近づいてきた。

「は、母上……」

ノクスは涙目で公爵夫人を見上げる。まずい、また感情が昂りそうだ。

「あのね！　メイドさんがいきなり入ってきたの！　だから驚いちゃったんだよね、ノーちゃん？」

急に話し出した俺に皆の視線が集まる。

「どたどたして、なんかこわがってた！　僕たち、べつに怒鳴ってもいなかったのにね？」

ノクスのほうを見ると、こくりとノクスが頷いた。

「びっくりしたあと、風がへやのなか、あばれまわったの！　窓あいてないのに変だね？」

これでなにが起きたか、わかるだろう。

公爵夫人は執事に目配せすると、執事は部屋を飛び出していった。

夫人は母親らしく優しくノクスの頭を撫でた。怪我の手当てをするようにメイドさんにお願いして、俺の母を連れて出ていった。

怪我の手当てをしてもらった俺たちは二人で一緒のベッドで眠った。メイドさんが子守唄を歌ってくれて、すぐにぐっすりと寝入ってしまった。

目が覚めたらもう夕方で、すでに夕飯の時間になっていた。

起き上がろうとするとなにかが引っ掛かる。ふっと見ると、ノクスが俺の服を掴んで寝ていた。

鼻血出そう。事案だ。

いや、俺五歳児だから……もういいって？

「ん……おはよう？」

目を擦りながら起き上がるノクスは究極の可愛さだった。

「おはよう⁇　こんばんは？」

もう夕方なので挨拶の言葉に困るね！　と、俺とノクスは顔を見合わせて笑った。

夕食のためにいったんお着替えをするため、俺はゲストルームへと案内された。

母も待っていて、身なりを整えてもらった。

夕食は公爵も参加し、正式なディナーだった。

和やかな夕食のあと、談話室に移動し、お茶を出された。俺とノクスは搾りたての果汁のジュースを飲む。大人たちが静かに雑談をしているとノックがあって、執事が誰かを連れて入ってきた。後ろに護衛騎士もいる。連れられてきたのはあのときのメイドだった。

「昼間、いきなり部屋に入ってきたのはこの人かい？」

公爵に聞かれて頷く。メイドは青い顔をしていた。公爵は執事を見た。執事は頭を下げ、失礼しますと言ってメイドと護衛騎士を連れて出ていった。

首実検かな。なんらかの沙汰が下ると思っていいのだろう。

「びっくりさせてすまなかったね。もう昼間のようなことは起こらないから安心してほしい」

公爵は優しく微笑みながら言う。成長したノクスと似ている顔のイケメンだから破壊力がすごい。

こうして見ていると子供のころは母親似、成長すると、父親に似てくるってことか。

「はい。ちちうえ」

よい子でノクスが頷くのを見て俺も頷く。そこで子供たちはお眠の時間だった。

ゲストルームで、俺の世話をするメイドさんに寝かしつけられる。

昼間いっぱい寝たからあまり眠くなくて目だけ閉じて寝たふりをする。思い出した前世の情報を整理するためだ。


俺の前世の名前は通利一平。

なぜ死んだのかわからないけれど、多分二十八〜三十歳くらいの間だと思う。彼女はできたことがなく、童貞だった。友人は多くはないけれど、趣味のゲームを通じて知り合った、趣味仲間がそこそこいた。

ゲームはなんでも一度はやってみるタイプ。ゲームセンターにはそれほど行かなかったけれど、体を使うゲームもまあまあできた。

働き出してから通勤途中でもできる、スマホのソーシャルゲームが主になった。もともとＲＰＧが好きで、モンスターを狩るゲームも好き。

そんな中でもはまったのが、乙女ゲームの客層を狙った恋愛シミュレーションＲＰＧゲーム「星と花と宵闇《よいやみ》と」。通称「星宵《ほしよい》」。

このゲームを知ったきっかけは趣味仲間の腐女子に勧められたからで、とにかくスチルが美麗で最高と言われた。そして見せられたのがノクス・ウースィク。

黒髪の長髪キャラで少し冷たい雰囲気のきりっとした美形。絵師が男性にも人気のあるイラストレーターなのもよかった。最初に見たノクスのスチルの印象が強くて俺の最推しは彼だった。

バッドエンドは最終的なボス戦（魔王戦）で勝てずに魔王に世界を蹂躙《じゅうりん》されるエンドか、世界は救ったけど傷が深くて主人公が死亡する結末のふたつ。

「星宵《ほしよい》」の舞台は貴族学院。そこに貴族は十五歳から十八歳まで通う。貴族社会の縮図の中で人脈を広げるためと魔法を学ぶためだ。

魔法があるけれど、平民は魔力が少ないので教会で制御と生活魔法を教わるくらい。多かったらどこかの貴族の養子になる。そして学院で魔法を学ぶ。

ほとんどの貴族は魔力を持って生まれるから、基本、魔法を学ぶために学院に通わないといけない。魔法の成績がよければ魔法騎士団に入れたり、成績によっていろいろ道が開けたりするから、皆真剣に学ぶ。

ゲームではそこに異世界から転移してきたヒロインが通う。希少な星と花の属性を持って。魔王を滅ぼせる属性で、その属性が現れたら魔王が現れると同義なのだ。

だから王家はその人物を大切に扱い、王位を継がない王族の誰かに守らせる。

ゲームでは攻略対象の第二王子ヘリスウィル・エステレラが主人公に付いた。彼をサポートするのは側近候補の宰相の息子フィエーヤ・ウェントゥス、騎士団長の息子ロシュ・フェヒター、魔法師団長の息子シムオン・トニトルスの三人。

当然主人公と触れ合う機会が多くなって攻略難易度は下がる。攻略キャラではあるけれど、第二王子と絡みが少ない留学中の隣国の王子リール・ブルスクーロ・アナトレーは難易度が高い。

隠しキャラのラスボス魔王、ことノクスは外交官の公爵のあとを継ぐから隣国の王子との絡みはあるけれど、第二王子とはあまり絡まない。第二王子のコンプレックスを刺激する存在で、従兄弟。

髪と目の色を別にすればノクスと同じくらい、彼も超絶美形で優秀。

周りはいつも比べていたから第二王子はノクスを嫌っている。そこらへんもヒロインと絡んで、ノクスの闇落ちの原因になる。

日常パートでは優しい顔を見せるノクスのスチルが次第に暗く険しくなっていくのが、悲しかった。闇落ちのきっかけが主人公《プレイヤー》だったから、自分がそんな顔をさせていると思うと余計だった。

彼の生い立ちや黒髪黒目が忌避されていること。その容姿のせいで「宵闇《よいやみ》の貴公子」ってゲーム内では呼ばれていること。魔力量が多いせいでよく熱を出して、魔法を学ぶまではよく寝込んでいたこと。そのせいで病弱と思われて後継ぎとしては軽んじられたこと。

彼を追い詰めていくすべての出来事が、俺には腹立たしくて仕方なかった。

だから彼の幸せになるルートを見たかったのに叶わなかった。

でも、この世界に転生した。

俺の知り合ったノクスはゲームキャラではなく、血の通った存在だ。

俺が見た限り、少なくともご両親はノクスを大切にしているし、お付きのメイドさんは優しかった。それでも先日のお披露目では、寄り子の子供にまで黒色蔑視の言葉が投げかけられた。根は深いのだろう。

魔法の属性や魔力量などが判明するのは十歳のときに行われる加護の儀。それまでは、魔法制御などは教えない。魔力が多い子供は魔力暴走しやすく、子供の死亡が多いのもそのせいかもしれない。

加護は精霊や神様によって生まれつき与えられている。加護の儀によって明らかになり、この世界では強い加護によって髪と目の色が変わるし、俺も両親とは髪と目の色はまったく違う。

俺の髪は銀髪で目の色は金色。父は豊穣の神の加護があるため、緑色の髪に緑の目だ。母は水の精霊の加護があって水色の髪に青い目だ。

俺の加護はゲームに出てこなかったからまだわからない。どうやら、ロアール家の血筋に時折現れる色で、俺が生まれたときはお祭り騒ぎだったらしいから縁起のいい加護なんだろう。

ノクスの目と髪の色が公爵夫妻と違うのは太陽神の加護ではなく、別の神か精霊の加護が強いからで特別なことじゃない。ただ、世間一般から嫌われる、闇の色だというだけだ。

俺にとって黒は落ち着く色だ。ファッションセンスがないせいで服はよく無難な黒や灰色を選んでいたし、日本人に多い黒髪黒目は見慣れている。そもそも闇属性だからって差別するのはどうかと思う。

教会で行ういろいろな儀式については、常識ということで両親に教えてもらった。

十二のときの教会による洗礼式は大人の仲間入りをする第一歩で、スキル鑑定を受ける。このスキル鑑定で平民は将来の仕事を決め、見習いの仕事に就く。次に行われるのが十八歳の成人の儀で、大人と認められるのだ。

十二と十八の間が空いてるように思われるが、この間の儀式は個人によって時期が違うので一斉ではない、らしい。詳しく教えてもらわなかったから少し曖昧。

そのことはまたあとだ。

五歳児だからもう眠くて……次に目が覚めたら朝だった。

「ノーちゃん、病気なの？」

朝食に行ったらノクスの姿が見えず、寝込んでると言われた。どうやら熱を出したらしい。俺は母に頼んでお見舞いに行くことにした。

やっぱり、この世界のノクスも魔力を持てあましてよく熱を出すのだろうか？　そこはゲームと同じなのかな？

昨日の魔力暴走でノクスの部屋は寝られる状態ではなかったので、一時的にノクスが赤ちゃんのとき使っていた部屋に移されたらしい。ノクスの元の部屋の半分ほどの広さのこぢんまりした部屋で、俺がイメージした子供部屋らしい造りの、シンプルな内装だった。

俺の自宅の部屋と同じくらいの子供用のベッドにノクスは寝ていた。息が荒くて魘《うな》されている。頬も真っ赤だった。濡らしたタオルは額に載っていたけれど氷嚢はなかった。

そういえば氷はあまり見かけないし、氷の魔法って見たことがなかった。

氷って魔法じゃ作れないのかな？　母は水属性だから作れないか聞いてみた。

「残念ながら氷属性じゃないから作れないのよ」

「どうして？　氷って水でできてるのになあ……氷って解けると水になるんでしょ？　逆はできないの？」

こてん、と首を傾げてみた。

母は驚いた顔で俺を見た。すぐに水の入った盥《たらい》をメイドさんに持ってくるように頼む。母が水面を見ながらなにか詠唱すると、中の水が凍り始めた。

「できたわ！」

できた盥《たらい》の氷を砕いて氷水にし、ノクスの額に載せたタオルをそれで冷やしてもらうようお願いする。

「ノーちゃん。僕、しばらくいるからあんしんして」

ノクスの手を握ると、握り返された。母とともにノクスが落ち着くまで側についていた。お昼ごろには大分熱が下がったようだ。メイドさんに世話を任せてお昼を食べ、お昼寝をして起きたら公爵夫人に母とともに呼ばれた。

「お見舞いありがとう。セイアッド君、ロアール伯爵夫人。氷も作ってくれたそうね。本当にお二人には感謝しかないわ。セイアッド君、これからもノクスと仲よくしてほしいわ」

感謝の言葉に俺は大きく頷く。

「うん！　げんきになったらいっしょにあそびたい！」

五歳児っぽく言う。演技は完璧のはずだ。母に頭を撫でられて俺はご機嫌だった。

ノクスは翌日には元気になって俺と一緒に遊んだ。熱が心配なので午前中は遊んで午後は昼寝する。

俺が滞在する間お勉強はなしのようだった。マナーだけは習い、俺も一緒に受けて知らない作法に驚いた。講師に物覚えはいいと褒められた。

俺と一緒にいるノクスはよく笑った。

そのことがよかったのか、体調も安定した。公爵夫妻も俺を気に入ってくれたようで、もともとうちとは良好な関係だったし、厚遇してくれた。

一週間ほど滞在して伯爵領に戻る日が来た。別れが辛くて泣きそうになったけど、なぜかノクスは俺の横にいて、公爵夫人と別れの挨拶をしていた。

俺は首を傾げた。

「どうして、ノーちゃんがおわかれの挨拶をしているの？　僕とじゃないの？」

「僕もセイのおうちに行くからだよ？」

涙が引っ込んだ。

「そういえば伝えるのを忘れていたわ。セイ、ノクス君はしばらくうちで暮らすの。家庭教師も派遣してくださるから、セイもノクス君と一緒にお勉強しましょうね」

一瞬嫌な顔をしたらノクスが悲しそうな顔をした。違うんだよ！

「ノーちゃんと一緒なのは嬉しいけど、おべんきょうはその、あんまり……」

勇気を出して言うと母の後ろに暗雲が見えた。怖い。

「お、おべんきょう、う、うれしいなあ……」

「いい子ね、セイ」

満足そうな母に頭を撫でられて、はあとため息を吐いた。

ノクスはにこにこした顔で一緒に馬車に乗り込む。来たときより馬車が一台多く、護衛も物々しく一行はロアール伯爵領へと出発した。

ウースィク公爵家からロアール伯爵領の俺の家まで馬車で三日の距離。途中の村で三泊挟む。少し遅い出発だから三泊四日になるみたいだ。

もちろん野営をしない前提で日程は組まれ、馬を休ませながらゆっくりと進む。

そしてこの世界は野盗や魔物の襲撃に備えなければならず、貴族は護衛とともに移動する。

今回の護衛は全員馬に乗った騎士なので囲むように移動している。ところどころで馬の休憩所が街道沿いに作られているのでそこで休憩を取る。俺は馬車で爆睡した。

ノクスは馬車で長距離移動するのは初めてのようで、俺が目が覚めたときにはじっと窓から景色を見ていた。休憩時には外に出て体を解《ほぐ》してまた乗る。

「気持ちいいね」

ノクスは髪を風に流されながら、自領の景色を見ていた。街道の両脇には木が植えられて、畑の向こうに山と森が見える。公爵領は王都の隣で森と湖があり、うちの領地との境に山があった。

森と山は魔物や精霊の領域で人は平野部に集落を作っている。畑は野菜と小麦で、今は春。雪が解けて種まきの季節で、芽吹いた緑が眩しい。

さらさらと風に揺れるノクスの黒髪が綺麗だ。風景とのコントラストで一層輝いて見える。

――最推しが尊すぎる。

俺は風景に見惚れるふりして推しに見惚れていた。

水筒の水を飲んで喉を潤すと休憩は終わり、また馬車に乗る。それを繰り返して一泊目の宿に着いた。陽が沈み始めた夕焼けのグラデーションの空の下、馬車を降りた。

ノクスはフード付きのマントを着ている。余計な騒ぎを起こさないためだろう。食事は部屋で取ることになった。食べるときはマントを脱がないといけないから。

母と俺とノクスと一緒の部屋で寝る。廊下には護衛が交代で立つ。

隣は使用人たちと護衛の部屋だった。夕飯を終えると浄化の魔法を母にかけられて俺たちはベッドに入った。母が子守唄を歌ってくれて俺たちは寄り添い手を握ったまま眠りにつく。

そして一日目は問題なく終わった。

二日目、体力のない俺とノクスは馬車での移動時間、早々に寝て過ごした。休憩時だけ目を覚まし、ノクスと並んで水や軽食を食べて過ごす。

今夜の宿を出れば半日後には公爵領と伯爵領の領境に着く。

境は山があるので一番低い場所に街道が通っている。そこからはもうロアールの領内だ。王都から南に位置しているからうちの領はあったかい。

「ね、セイ、セイのおうちはどんなところ？」

ノクスは顔を覗き込むように聞いてきた。あまりの可愛さに思わずどもってしまう。

「え？　ふ、ふつう？」

くすくすと笑った母が、ノクスと視線を合わせて手を握る。

「セイはずっと住んでいるからよくわからないかな。ノクス君のお屋敷よりちょっと小さくて、お手伝いの人たちも少ないの。そうね。そこは着いてからのお楽しみね。うちの領は小麦畑が広いの。ノクス君の領では春に種を蒔くけどうちは暖かいから秋に蒔くのよ。近いけれど、あのお山が間にあるから気候が変わるの。お野菜もいっぱい育ててるわ。それと綿花を育てているの。布になる実がなるのよ。気候が温暖で、冬もそんなに厳しくないの。だから過ごしやすいと思うわ」

ノクスは頷きながら真剣に聞いてた。

俺も知った風に何度も頷く。

「……だって」

えらそうに胸を張って言うとノクスが噴き出した。くすくすと笑い出す。

母は半眼で俺を見つつ、ふーっと息を吐いて笑った。

「セイ、あなたはお勉強たくさんしないといけないわね」

ぽんぽんと母が頭を軽く叩く。

声がちょっと低かった。怖い。

「はーい」

叩かれた場所を手で押さえて返事する。

三日目、街道はだんだんと上り坂になっていった。目の前に山が迫り、森の中を切り開いた街道の先は山の稜線に消えている。鬱蒼とした森が山を覆い、あちこちから鳴き声が聞こえた。

「魔物や野盗が一番出やすいのがこのあたりです。なにかありましたら、指示に従ってください」

森に入る手前の休憩時に護衛騎士のリーダーから注意を受けた。

怖くなって、馬車の中でも手を繋いだ。この坂を上り切ったら、領の境の門がある。そこまでが一番危険なのだ。緊張して座っていた俺たちに母とお付きのメイドは微笑んだ。

「大丈夫。強い騎士たちが守ってくれるわ」

母はそっと俺たちが握る手に重ねて握ってくれた。緊張が少し緩む。

そのとき、馬車が急に停まった。騎士たちの声が交錯し、それに混じって獣の咆哮が聞こえる。

「奥様！」

メイドさんが俺たちを庇うように覆い被さってきた。

馬車の窓から襲ってくる狼を討ち払う騎士の姿が一瞬見えた。しばらく剣戟《けんげき》や声が聞こえ、静かになる。それから少し間を置き、窓をノックする音がした。

前方の御者側の小窓が開き、騎士のリーダーの声が聞こえた。

「森狼の襲撃を受けましたが無事全頭討伐いたしました。このまま進みます」

メイドさんが元の場所に戻り、母が体を起こした。

「ありがとう。皆無事なの？」

「はい。特に大きな怪我もなく、馬も無事です。森狼の遺骸はそのまま門の兵士に預けていいでしょうか」

「もちろんよ。そのようにしてちょうだい」

馬車が動き出すと体から力が抜けた。

公爵領に来るときは特になにもなかったから怖かった。ノクスも、襲撃の間は震えていた。

「ノーちゃん、終わったみたいだね」

「うん」

「騎士さん、強いね」

「僕、早くけんじゅつならいたい」

「ノーちゃんがならうなら僕もやる」

「じゃあ、一緒にならおう」

「うん」

二人で決意し、その後は平穏無事に領境を抜けると、ロアール伯爵領に入った。

高台から下っていくと眼下に広がる畑が見える。ぽつぽつと点在する家々が見え、領内の産業が農耕中心だとわかる。平地に近くなるにつれて気温が上がった。

「あったかくなった」

「ノーちゃんのところはちょっと寒かったね」

「うん。冬はとっても寒いんだ」

「そっかあ」

そんな会話のあと、すこんと寝てしまったのは仕方ない。

五歳児だからな！

宿にはいつの間にやら着いてそこから早馬で先触れを出した。明日にはもう、家に帰り着く。川の字で寝るのも最後かな、とすぐに眠りについた。

四日目は順調でお昼過ぎには領都に着いた。領都と言っても城壁はない。周りは緑の絨毯《じゅうたん》のような農地と、農民の住む家、なだらかな丘陵。点在する森や林の向こうに魔の森が見えた。公爵領のある方向とは反対側だ。魔の森はその背後の山のすそ野から広がっている。その手前に農地を囲むように人造の林があった。この林は魔物除けでもある。

領都は政務を執行する役所や領軍の詰め所があり、各ギルドが軒を連ね、商店や市場がひしめき合うこの領の中心地だ。そこから少し離れた低い丘の上に領主屋敷がある。

俺が住んでいるところだ。

「おかえりなさいませ」

馬車から降りると使用人が整列して出迎えてくれた。父はまだ王都にいるはずだ。

「留守をありがとう。紹介するわね。ウースィク公爵様からお預かりしたノクス・ウースィク様よ。息子と同じように接してちょうだい」

母がノクスを紹介する。

ノクスは髪も目も晒したままだったが、うちの使用人たちは特に気にした様子はなく、笑顔で出迎えた。ノクスがほっとしたのがわかった。

それから俺たちは屋敷の中、使用人は馬車から荷物を降ろす作業に入った。まずお風呂へ直行し、旅の汚れを落としてからそれぞれの部屋で休む。

ノクスの部屋は俺の隣の子供部屋だ。身じたくをしてそのあと談話室で改めて母からノクスを預かった経緯を聞いた。

熱をよく出して、頻繁に寝込むこと。夫妻は外国に行く仕事が多く、どうしても目が届かないこと。魔力の暴走の対処のため魔法を扱える者が側にいたほうがいいこと。穏やかな気候のうちの領なら、体調がよくなるかもしれないこと。俺がいて話し相手になること。田舎で人との距離を取れるため、魔力暴走が起こっても被害が少なくなるだろうこと。

それを子供にわかりやすくオブラートに包んで説明された。

ノクスは俺をちらっと見て、申し訳なさそうな顔をした。

子供がそんな顔するなよ。いいんだよ。これは大人の事情なんだから。ノクスはでかい顔して、よく食べ、よく学び、よく遊んでよく寝る！　それだけでいいんだ。

疲れているだろうと早い時間に部屋に帰された。寝間着に着替えさせられてベッドに押し込まれる。メイドさんももう出ていったから、今は一人だ。

前世を思い出して、この世界が「星宵《ほしよい》」に似た世界だってことはなんとなくわかった。

ノクスの生い立ちも、置かれている現状もゲームに近かった。

もし、このままシナリオのように進むとすれば、俺はモブだからとにかく主人公から距離を置いて、自分に降りかかる火の粉だけ避ければいいはずだ。救世主にはなれないし、俺は普通に暮らしたい。最終目標はスローライフだ。

多分、この領地を継ぐことになるから広義のスローライフになるはずだ。うちの主幹産業は農業なんだし。

でも、主人公のハッピーエンドって魔王を倒すことだ。主人公の攻略相手がノクスじゃない限り、ノクスは闇落ちして魔王になって破滅街道まっしぐら。そんなの嫌だ。

ずきっと胸が痛む。あの天使が魔王になるなんて、苦しい思いをするなんて嫌だ。

俺の最推しだ。隠しルートでハッピーエンドを迎えたかった。おこがましいけど、幸せにしたかった。どうすればいいんだろう。

眠れないでいると、ノックが聞こえた。

「だれ？」

こんな時間、メイドさんも両親も来ない。

「僕、ノクス」

「ノーちゃん⁉」

慌てて扉に向かい、開けた。そこには寝間着を掴んで、俯くノクスの姿があった。

「どうしたの？　寒いでしょ、こっち来て」

手を引いてベッドまで連れてきて座らせる。春とはいえ、まだ、夜は冷えるのだ。その証拠に廊下に立っていたノクスの手が冷たい。

「眠れなかったから……」

俯いた様子を見て、親元を離れた寂しさがあるんだな、と思った。

「じゃあ、一緒に寝よう」

枕が変わったら、やっぱり眠れないよな。ましてや、知らない場所に一人でいるのは寂しいはずだ。手を握って二人でベッドに潜り込んだ。

「こうしてるとあったかいね」

二人で横に寝て向かい合う。先ほどの沈んだ声とは違う、弾んだ声でそう言ったノクスが暗い部屋の中でも微笑んだのがわかった。

「そうだね。眠れなかったら一緒にこうやって寝よう」

俺は微笑んでそう返した。

「うん」

嬉しそうに返すノクスに頷く。こんな天使が闇落ちするなんてダメだ。できるだけ寄り添って彼を一人にしないようにしよう。悪意から、彼を守ろう。

これから先に出会うだろう主人公がノクスを幸せにしてくれるならそれでもいい。でも、主人公がノクスを選ばない可能性は高い。だから、一つひとつ潰していこう。彼を不幸にするものを。

まずは魔力過多症だ。前世知識チートで、やってみるか！

そうして、多分五分もしないうちに俺は寝落ちた。

仕方ないんだ。五歳児だからな！

第二章　ノクスの強化計画！

決意したからと言って魔力の制御が一朝一夕にできるわけではない。まず、魔力を知覚しなければ制御なんてできるわけがない。

ノクスが起こした魔力暴走はただ魔力が漏れて暴れただけで、なんの術式もなかったと思う。つまり、気持ちが昂ると、魔力が漏れるってことだよね？

よくラノベにある方法、片っ端からやろう！

「……」

あっれ〜？　うんともすんとも？　そもそもあれだよな。ゲームじゃスマホの操作で終わってたんだから、未知のものをすぐにわかるようになるわけないよね。

初っ端から躓《つまず》いちゃった！　魔力制御の件は毎日寝る前に考えるとして。

剣術したいって言ってたよなあ。でもその前に体力がないんだからまずそっちだよな。確か、子供のころは体幹鍛えるといいんだっけ？　筋肉をつけようとする運動はかえって発育に悪いからバランス感覚を磨くようにするんだよな？

俺はこの屋敷の周りを駆け回って育ったから、そこそこ身体能力はあると思うんだ。無理せず遊びながら体力をつける。小学生くらいになったら、本格的に剣術を習えばいいんじゃないかな。

しばらくは基礎体力の向上が目標だ。そういえば家庭教師ってなにするんだろう？

んー？　外がバタバタとうるさいけど……？

ノックが聞こえた。

「セイアッド様、朝食の時間になります。起きてらっしゃい……」

俺付きのメイドさんが、固まっていた。

「おはよう……」

「おはよう……」

俺とノクスは起き上がって目を擦った。動きも言葉もシンクロしてた。

「ノクス様、こちらでお休みになられてたんですね？」

「うん」

「お部屋にいらっしゃらないので、探しておりました。こちらでお待ちいただけますか？」

「あ……うん」

ノクスは申し訳なさそうな顔をした。

「では、少々お待ちください」

メイドさんが出ていった。

「心配かけちゃったね。今度はお部屋にお手紙置くといいかもね」

部屋の外が騒がしかったのはそのせいかと納得した。そりゃあ、ベッドがもぬけの殻だったら驚くよな。それからノクスは迎えに来たノクス付きのメイドさんに連れられて部屋に戻っていった。

騒がせてごめんなさいはしておいた。

「あそぼう！」

朝食が終わったあと、とりあえずはまだ家庭教師の体制が決まっていないので、しばらくは環境に慣れるために自由にしておいで、と遊ぶお墨付きをもらった。

その日は庭を歩いたり、メイドさんにご本を読んでもらったりした。でも、屋敷の中だけで遊ぶのは限界がある。かけっこやかくれんぼとかだとすぐ終わっちゃうし、飽きちゃう。

遊ぶにしてもついでに体を鍛えられるといいな。

そこで、アスレチックみたいな遊び場を作ってもらおうと、母にお願いした。

母は、できあがった裏庭を見てこめかみを押さえていたけど、騎士たちの目は輝いていた。

この世界に土管はないが樽はある。廃棄予定の樽を何個か譲ってもらったり、丸太を運んでもらったりして裏庭に簡単な遊び場を作ってもらった。

樽を段差があるように積み上げて、上り下りして鍛える遊具。丸太の平均台に、ネットに掴まって移動する、ジャングルジムみたいなもの。樽を繋げトンネル。

ただ移動するだけでも鍛えられるはず。そして童心に帰って遊び倒した。ノクスも一緒に競うようにして遊ぶ。熱は出なくて、調子もいいみたいだった。

もちろん騎士さんが交代で付いていてくれて怪我をしないよう安全は配慮されていた。上り下りの多い仕掛けだし、ロープのジャングルジムみたいなのはバランス感覚を養える。その中を追いかけっこすると、汗だくになる。

「はあ、はあ……セイ、速い……」

汗をかいてへたり込んだノクスはメイドさんに汗を拭かれてた。

汗をかいてへたり込んだ天使。可愛い。

その隣に俺も足を投げ出して座る。俺にもメイドさんがタオルをくれた。

「お水飲まなきゃダメなんだからね。ちゃんと、あいまあいまに飲むんだよ？」

「うん。これ、ちょっと甘いね！」

にこおっと輝く笑顔に胸をぎゅっと掴まれる。ああ、今日も最推しは尊すぎる。

メイドさんに頼んでスポーツドリンクもどきを作ってもらい、それを合間に飲む。子供は新陳代謝がいいからすぐ汗かくんだ。

「セイアッド様、その飲み物のレシピを教えていただいてよろしいでしょうか？」

騎士さんがそんなことを聞いてきた。

「いいよー！　がぶ飲みじゃなく、少しずつこまめに飲むといいよ。だっすいしょうじょうの人には水よりこっちのほうがいいからね」

あとで知ったんだけど、うちの騎士団の必須アイテムになったらしい。今まではポーションを使っていたけど、塩と少量の砂糖ならそっちのほうが経済的だって。俺の作った遊び場ももっと規模の大きいのを鍛錬のために訓練場の片隅に作ったみたい。

何気に知識チートだったかな！

お勉強は簡単な文字を覚えることから始まった。最初は母が教えてくれる。字を覚えてから本格的に家庭教師を呼ぶそうだ。

そうだよな。算数にしろなんにせよ、字が読めないと問題も読めないもんな。

「今日からお勉強を始めましょう。セイは初めてね。ノクス君は大分セイより先に進んでると聞いてるけれど、今日はセイに付き合って復習するつもりで聞いていてね」

文字は基本の文字二十六文字、あ。やべ、英語圏だ。なんで日本語じゃないんだよ！　あー……ん？　待てよ？　意味わかるし、書けそう……え、もしかして転生チート？　話している言葉と同じだからとか。それともこの体がハイスペックなのか。

いや、モブのはずなんだけど？　首を傾げつつ、隣で真剣に書き取りをしているノクスが尊い。

「よそ見をしない。セイ、ちゃんと書くのよ」

「はーい」

そんな俺を見てノクスがくすくす笑う。公爵家にいたときよりものびのびしている。よかった。

文字を教わったので、書庫の本を見たいと訴えてみた。

子供向けの本はないのよ、と断られそうになったが王都にいる父はＯＫしてくれた。その代わり大切に扱うと約束させられる。誓約書に名前を書かされたけれど、ちゃんと字が書けることと、約束を確認させるためのものだったようだ。

「まっほう！　まっほう！」

「セイ、そんなに嬉しいの？」

スキップしながら歩く俺に、くすくす笑いながらノクスが話しかけてきた。ちなみにノクスは子供なのに綺麗な姿勢で歩いている。

「うん！　ノーちゃんはうれしくない？」

「魔法の本は、もほうもじで書いてあるから読めないかもしれないよ？」

まほうもじ？　首をこてんと傾げる。いつものメイドさんと、護衛騎士さんが背後で噴き出したのがわかった。

「魔法はね、とくべつな言葉がひつようだってちちうえが言ってた」

「へぇえ……」

詠唱のことかな？　長ったらしい詠唱とか呪文とか。ゲームではテキスト飛ばすこともあったから詠唱覚えたことなかった。魔法はイメージじゃないのか？

ノクスが発熱したとき、母は初めて氷の魔法を使えたみたいだった。多分、水は水、氷は氷と意識で分けていたんだろう。でも、氷も水だ、と認識したから使えたんじゃないのかな？

属性といってもほかの属性が使えないわけじゃない。おそらく得意か苦手かくらいの差だ。短所を克服するより長所を伸ばしたほうがいいに決まってる。専門性を考えれば。

だからノクスは闇魔法しか使えないわけじゃないはず。暴走したときの魔法は詠唱もしてない。ただ魔力を体から出しただけ。そこに属性はないのだから、意識して魔力を属性魔法に変換してるはずだ。特別な言葉は属性魔法にするためのトリガーなのかもしれない。

「読めなかったらお母さんに読んでもらう！　お部屋に持っていってもいいんだよね？」

「持ち出しは旦那様に許可を取ります。とても貴重な本もございますから。特に鍵のかかっている書棚は許可がないと見ることもできませんのでお気を付けください」

「は〜い」

元気よく返事をして重厚な扉の前に着く。メイドさんが鍵を開けた。中から本独特の匂いがした。電子書籍もいいけど、できあがったばかりの本のインクの匂いが好きだった（友人の腐女子の薄い本だったのが残念だが）。

前世で紙の本を買っていたのも、手でめくる行為が本を読んでいるという気持ちを強くしたし、装丁デザインの素晴らしい本は表紙を見ているだけでもいい。ひとつの芸術と言える。

薄い本も無茶苦茶金のかかる装丁デザインをする人もいて、腐女子の友人曰く『どんな装丁にするか、できあがりを思い浮かべるだけで楽しい』と言っていたな。

紙や質感にこだわったり、読者が多分拘らないところにお金をかけたりする。それが趣味の醍醐味で、電子じゃできないって言われた。

今そんな醍醐味を味わっている。

少し暗い室内。壁いっぱいの書棚。凝った厚い表紙、装飾された表紙の本。紙ではなく羊皮紙だったり、魔物の皮だったりするのかな。

「すごい」

思わず声が漏れた。この世界で初めて見た図書室だ。歴史を感じさせる蔵書は丁寧に作られた手作りの本が多く並ぶ。

「僕もしょこは初めて入った」

俺はしばらくぼうっと室内を眺めた。はっと正気に戻ったところで、メイドさんが本を取ってくれ、書見台で広げて見せてくれる。

メイドさんは子供でも読めそうな本を何冊か見繕ってくれたあと、魔法の本の書架に案内してくれた。

魔法関連の本は蔵書においてかなりの割合を占めていて、装飾された本も鎖に繋がれた本もあった。特に扉付きの中に収められている本は見ているだけでもなにか圧迫感を感じた。

「この棚の部分に入っている本は魔導書と呼ばれ、適性のある者しか読めない本、読むとその魔導書に書かれた魔法が使えるようになる本等が入っています。とても貴重なんですよ」

「へぇえ……」

「すごいね……」

二人で魔導書を眺めたあと、比較的初心者向けの本を見せてもらった。

「これが魔法文字、ですね」

メイドさんが示した文字は日本語だった。

「え、えええ～……」

思わず声が出ちゃったよ！

「なんかの絵みたいな文字……」

うん、ノクスは正しい。漢字の中には象形文字もあるからね。

「この文字が魔法陣に使われています。魔法を習う年齢になられたら学習しますから、基本中の基本になります」

「魔法っていつから習うの？」

意味を考えると属性にそれぞれの漢字を当てはめて考えればいいのかもと思った。

メイドさんに聞くと予想通りの答えが返ってきた。

「加護が判明する十歳から、ですね」

魔力に関して書かれた本が見たいと言ったら、十歳になったら習う基礎中の基礎本を勧められ、それを貸してもらえるようにお願いした。

父から許可が出れば部屋に持ってきてくれるそうだ。

そうそう、ノクス捜索事件が起こってから俺とノクスは一緒の部屋で寝ている。そこそこ大きくなるまでは一緒でいいと判断されたらしい。

持ってきてもらった本をノクスと一緒に解読する。

ノクスはやっぱり優秀で、難しい単語以外はすぐ読めるようになった。

ノクスに読み聞かせてもらうと俺も読めるようになる。ほんと、前世の俺と違ってこの体は高スペックだ。

俺とノクスは常に一緒に行動した。勉強も、遊びも食事も寝るときも。唯一ノクスが熱を出して寝込んだときの夜だけ、俺は一人で寝る。

ノクスはこっちに来てから熱を出して寝込む割合が減ったと言っていた。

それでも週に一度は寝込むけれど、そのときは俺は側で本を読みつつタオルを変えたり汗を拭ったりしていた。氷を出せるようになった母も定期的に顔を出した。

「セイ、遊びに行っても……いいんだ、よ……」

「ぐあいわるいのに、きをつかわない！　僕がびょうきになったらかんびょうしてもらうから、それでかしかりなし！」

「え～……」

「ほら、ねる！　ああ、その前にお水のむ？」

時折、ノクスの意識がはっきりすればスポーツドリンクもどきを飲ませる。そして手を握る。これだけでずいぶん違うみたいだ。

魘《うな》されているノクスの体をきらきらが渦巻くように巡っている。増水した川のうねりのようにも見える。時々、岩に当たって跳ねる水しぶきのように体から漏れていく。

ノクスの魔力だ。俺は魔力を視認できるようになっていた。

きっかけは、魔力が視えないかと思って母が氷を作るときにガン見した。そうしたらきらきらするものが見えた。気が付いたら、空気中にもあるし、たまに騎士さんたちの体を巡るのが見えた。

魔力だ！　と思った。自分を見ると自分の中にもきらきらがあった。そしてやっと魔力を動かす算段が付いた。

でも、なかなか動かない。それからは夜に瞑想しながらゆっくりと体の中の魔力を意識して感じる訓練をしている。体内を流れるほんの少しあったかい魔力がわかるようになって、騎士さんたちのように回せないかと挑戦中だ。

進展が見られたら母に聞いてノクスと訓練をしたい。

それができたら、いつも元気で一緒にいられるんじゃないかと思う。

熱を出す直前のノクスはいつも我慢している顔だった。寂しさをぐっと呑み込んで、無理して笑う。そういったときにノクスを見ると揺らぐきらきらが見えた。唸って外に出ようとしている様子も窺えた。だから、感情が魔力に影響するというのもわかった。

ノクスが家に来て三か月になる。そんな長い間、両親との触れ合いは手紙だけだ。五歳の子供に、それはどんなにか辛いことだろう。

「早くよくなってね。ノーちゃん」

魘《うな》されているノクスの額のタオルを取り換えながら祈った。

その甲斐があったのか、比較的早めにノクスの熱が下がり、俺はほっとしたのだった。


夏も終わりに近くなるころ、父が王都から帰ってきた。

暑さも和らいで収穫の秋を迎えて父は領地を駆け回っている。

農業は秋が忙しいんだっけ。屋敷から見える麦畑も色づいていた。ところどころ、もう刈り取って土が見えている。

父は忙しいんだね。さすが領主様。

ぐったりしている父を見て、体内のきらきらが少ないのに気付いた。王都から帰ってきたばかりの父のきらきらは輝きが眩しいほどだったのに、領地から帰ってくるたびに激減していた。

使っているのかな？　領地で？　それはどういう魔法なんだろう？

◇◆◇　◇◆◇

ノクスが家に預けられて半年が経つ。季節はもう木枯らしが吹く初冬。

ノクスの誕生日は十一月一日。

その前日にやってきた公爵夫妻は、ノクスに抱きつかれたまま、挨拶していた。

「ノクス、元気そうだな。よかった」

「久しぶりね、ノクス。いい子にしていた？」

公爵夫人の顔色があまりよくないのに気付いたんだけど、馬車に酔ったのかなって気にしなかった。

「ちちうえ、あのね。あのね」

ノクスは紅潮した顔で、ご両親とお話していた。そうだよね。寂しかったよね。ノクスの両親はノクスを可愛がっているのに、ずっと会いに来られなかったのもこんなに長期間うちに預けているのも不思議だった。

「セイアッド君、ノクスと遊んでくれてありがとうね」

公爵夫人が俺の頭を撫でながらお礼を言ってくれる。

俺は照れて、母の後ろに隠れちゃった。ノクスは夫妻の滞在中は夫妻の部屋で寝ることになった。ちょっと寂しかったけれど仕方ない。

「ノーちゃん帰るの？」

「ううん、まだセイと一緒」

ノクスは両親から説明があったようだった。まだ当分、うちの屋敷で暮らすようだ。そのときのノクスは寂しそうな表情を浮かべた。

まだ、六歳なのになあ。寂しさを呑み込むなんて偉いよ。俺はノクスと一緒に暮らせてうれしいけど、ノクスにとって親元を離れて過ごすなんて寂しいことには違いないんだから。

「誕生日おめでとう！」

ノクスは両親に挟まれて祝辞を受ける。照れた顔は天使のように輝いていた。

パーティーには料理長渾身のご馳走が並んでて美味しかった。ケーキ自体はなくて年の数の蝋燭を消す、なんて習慣もなかった。

ノクスへのプレゼントは両親と相談してリボンにした。髪が肩より下くらいの長さだから後ろで結べるようにって。色は銀色。黒に映えて綺麗なんだよね。色を決めたのは両親だけど。

「大事にする」

嬉しそうなノクスに俺も嬉しくなった。

翌日、公爵夫妻の見送りのときは俺と一緒に並んで馬車に手を振っていた。夫妻の乗った馬車が動き出すと、思わずといった様子で数歩追いかけるように走った。それでも立ち止まり大きく手を振っていたノクスに、俺は胸が痛んだ。

◇◆◇　◇◆◇

「六歳！」

アスレチックの樽の丘の一番上で叫んだ。もちろん右手は天を指しているよ！

「セイ、そんなにお誕生日が嬉しいの？」

微笑ましげに見上げるノクスの視線が、俺にはちょっと痛かった。

やっと五歳児から六歳児になったんだ。小学生になれる年齢だよ！

俺の誕生日はなんと十二月二十五日。どこぞの聖人と一緒だ。

「まあ、ね。ノーちゃんに追いついたし、今夜はごちそうだって言ってたし！」

「セイ、涎……」

「はっ」

この世界は当然ながら洋風の食事だ。基本的に大人向けなので幼児には味が濃い。だからそっと子供の我儘っぽく前世の知識で覚えている限りの、栄養バランスのとれた素材の味を活かした薄味の食事をお願いした。

なんで知ってるかって？　異世界転生物の知識チートはどういうものができるかっていう仲間内

で盛り上がったときにいろいろ調べた結果だよ！　これは栄養士の腐女子と保育士の腐女子からの情報だった気がする。

ちなみに幼児の運動については結婚して子煩悩の教育パパになった友人から。

なので、最近は子供の俺とノクスは別メニューなんだけど、今日は俺の誕生日祝いということで特別な食事を用意してくれたのだ！

食べたいものを聞かれたから「鶏のローストとケーキ」と答えた。きょとんとされたので、材料からなにから、レシピも覚えてる限りは伝えた。

そうしたらちゃんと生クリームで飾られたスポンジのイチゴのショートケーキが出た。もちろんホールだ。俺のたどたどしい説明で作った料理人はすごい。

蝋燭も立ててもらって吹き消した！

俺以外の皆は首を傾げていただろうけど、満足。

これ以降、うちの誕生日の祝いにはケーキが出て年齢分の細い蝋燭を吹き消すのが定番になった。

そして料理長の腕が天井知らずになるその始まりの第一歩だった。

ちなみにノクスがくれた俺への誕生日プレゼントもリボンだった。色は黒。おソロで色違いな感じがちょっと嬉しかった。

「色違いのお揃いだね」

ノクスはそう言ってにっこり笑った。最推しの笑顔の破壊力。真っ赤になって頷くしかできなかったよ。

俺も髪が伸びて、後ろで結べるようになった。お勉強のときは結ばないと邪魔だしね。こうやって外で遊ぶときも。でも、十二月は寒い。

遊び用の服を提案したら作ってくれて、今着ているのはその一枚。小学生の運動着そのままって感じ。うちは綿と羊毛が特産なので、素材には事欠かない。

いろいろ試行錯誤でできたのが綿素材のジャージ。あのジャージスタイル。直接着るのはTシャツ。汗をきっちり吸収、速乾。上着の前ファスナー（なんかあったよ？　こんなのって言ったら）をしっかりと閉めて冷たい風をシャットアウト。下のズボンもジャージの下って感じになった。冬は裏起毛であったかくしてもらったけどね！　靴下も厚いの履いているよ！

靴は運動靴っていうのがなかった。説明して靴底は魔物素材を使い、覆うほうは綿を使った、小学生運動靴のできあがり。走りやすくなったので俺は満足している。

意外とこの世界、日本と同じに作れるんだ。あれかな、日本のゲーム世界だから？

裏庭のアスレチックの樽の上でノクスと騎士さんを見やって、俺は腰に手を当てた。

「六歳になったから、新しい遊びをするんだ」

来年の春から俺たちに剣術の先生がつくらしいけど、ラノベでやるように素振り百回なんてしたら、怪我や故障の原因になると思うんだよね。

型を覚えたり基本の動作を真似たりで関節にも神経にも優しい感じでお願いしたい。筋力を使う訓練は中学生くらいからでいいと思う。そういうわけで対策を講じておいた。

新しい遊び？　と首を傾げるノクスはやっぱり尊い。

「これを使います！」

じゃ～んと言いながら手にしたボールを見せた。テニスボールに似せたそれ。

投擲《とうてき》のスキルがあるのに（騎士さんから聞いた）ボールって言ったら変な顔された。なので作ってもらった。素材はよくわからないけれど、ぶつけても痛くない、弾む、手の中に納まるボール。大きいサイズも作ってもらった。

ついでにバスケットのゴールとドッジボール用にコート。

バスケットやドッジボールは二人でやっても訓練にならないのでそのときは使用人の見習いで比較的年が近い者を数人借りる。

「僕が投げるから、取って投げ返してその繰り返し」

手だけのキャッチボール。一応安全対策で受け取る手のひら部分に衝撃吸収材を入れた革の手袋を作ってもらった。

「いくよ～」

ノクスは最初、ボールを掴めなかったんだけど、何度か投げ合ううちにすぐできるようになった。球速も上げて、メジャー投手級の高速の球を投げられるくらいだ。

もちろん避けたよ。だって怪我したらやだし。

ドッジボールは狙われて逃げまくった。ノクスが俺にぶつけたときはあわあわしてた。ドッジボールのボールも痛くないようにしてたから大丈夫なんだけどな。

そもそも反射神経を鍛えるのが目的なので、避けられればそのほうがいい。加えて的が動くからチームの皆と協力して追い詰める必要があるので、コミュ力や頭脳プレイを鍛えられると思うんだ。バスケは跳躍力。普通に生活してたらジャンプなんかしないから、なかなか鍛えられない。これもチームプレイだからコミュ力と統率力を鍛えられるんじゃないかな？

一個に絞ると偏っちゃうからいろいろする。そのうち体操もやろうかな。

ドッジボールとバスケットも日替わりでやる。

このふたつは騎士さんたちの息抜きにもなった。ゴールは高さが変えられる。成長を見越したはずだったけど、多分、それまでにゴールを新調する予感がする。どうして皆嬉しそうにゴールにぶら下がるんだろうなあ。

今のお勉強スケジュールは午前中は座学、一時間ほど昼寝をして午後は遊びになっている。

朝食前にストレッチをして軽くジョギング、朝食後に座学、昼食、昼寝、遊びの時間、夕食、借りた本を読んで寝る。それが新しいルーティン。

俺とノクスの行動範囲はまだ屋敷の中だけで、領都や森には行けない。

というか、幼児のうちは外に出さない方針みたい。そもそも子供の死亡率が高いし、貴族の跡取り息子になにかあったら問題だし。

ノクスの黒髪黒目も、屋敷にいれば差別的な目で見る者はいない。もともと、この辺はおおらかだ。でも、領民の反応はわからないからまだ領民とはフードなしでは交流できないそうだ。まあ、そもそも会えないけど！

そして春になったら俺はお兄ちゃんになる。女の子か男の子かはわからないけど春ごろに生まれる予定なんだって！

母は秋の間、具合悪そうにしていたけど、最近はお腹が目立つようになり、顔色も戻ってきた。

そうそう、この世界って一夫多妻ではないみたい。貴族だから第二夫人とかいそうなのにね。父の母への溺愛ぶりは見習いたい。


雪がちらつくようになり、あっという間に年末が来る。日本のゲームを元にしているからか、年末年始はイベントがある。

うちの領では収穫祭の代わりに十二月三十一日の昼間ぐらいから年明けの一月一日の昼ぐらいまで、新年を祝うお祭りをする。領都の広場が会場で、通りには出店の屋台が並び、領主からのふるまいがある。広場では若者がダンスを踊り、カップルもできるそうだ。

年が変わるのは零時。この時間に教会の鐘が鳴り響いて新年を祝う。普段は鳴らない時間だから新年ってすぐわかる。

暦は十二か月で一年、三六五日。時間は二十四時間。二時間に一回、六時から二十時まで時を知らせる鐘が鳴る。夜中に鐘が鳴っても迷惑なだけだからなんだろうなあ。

去年は早々に寝落ちたので、今年は昼寝をして起きていられるよう頑張るつもりだ。

新年の祝い料理は魔物肉のバーベキューや野菜の煮込みスープ、乾杯用にワイン、エールなどが出される。

畜産もしているみたいだけど、魔物の肉のほうが身に魔力が籠って美味しいんだよ。美味しいものって魔力が濃い。こうやって体内に取り込むのは魔力が体に必要なんだろうな。

うちの領の野菜が美味しいのは父の加護で、魔力が濃いものに育つからなのかも。

もちろん、俺たちは両親と違って領主館には行かない。屋敷の広間で使用人たちと祝っておしまい。鐘が鳴るくらいまでいて、そのあとは部屋でおやすみなさいだ。

ごちそうは広場で饗されているのと変わらない。せいぜい俺たち向けに二、三品の追加とデザート、ジュースくらいのものだろう。

「街に行きたかったなあ……」

俺が少しがっかりしていると慰めるようにぽんぽんと頭をノクスが叩いた。

「そのうち連れていってもらえるんでしょう?」

「うん。大きくなったらいいらしいよ?」

「じゃあ、ほんの少しの我慢だね」

にこりと笑う天使に俺はノックアウトされた。

ごちそうを食べたあと、もう眠そうだからと部屋に戻された。その代わりメイドさんがお菓子とジュースを置いていった。すぐ寝られるように寝間着に着替えて月明りの注ぐ窓際に寄り、窓の外を見て鐘の音が聞こえないか、耳を澄ます。

部屋の中は灯りがついてないけれど、今夜は晴れているから月明りが窓から差し込んで明るい。

月があまりに眩《まばゆ》いから、星も見えない。

窓から差し込んだ月の光で絨毯《じゅうたん》に俺たちの影ができた。

「セイは、月の精みたい……」

ぽつりとノクスが呟いた。

「ん？　月の精？」

首を傾げてノクスを見る。

ノクスの黒い瞳が月明りを映したようにきらきらしていた。

あ、尊すぎる。

思わず見惚れていると、ノクスは照れたようで視線を彷徨《さまよ》わせてもじもじした。

「その、髪に月の光が当たってきらきらして目も月の光みたいにきらきらしてるから……きれいだなって……」

「……」

え？　ノクス、六歳だよね⁉

俺、女の子だったら、多分、惚れてる。

ええ？　ええええええ？　これって事案ですか⁉

もじもじしたノクスは超可愛いけど。

俺が言葉を失っていると、街からカーン、カーンと荘厳な鐘の音が響いてきた。

「新年、おめでとう」

「……おめでとう……」

にこっと笑ったノクスが挨拶とともにジュースのコップを掲げた。

俺はそれにコップを合わせて一気に飲む。妙に喉が渇いて胸がドキドキした。

じっと俺を見ているノクスの視線が、なにか特別なものに感じる。

子供だから特に意味なく言ったんだと発言はスルーした。

年明けすぐは鍛錬はお休みして、のんびりと過ごした。

午後から雪がちらついてそれから一晩中降った。うちの領は領境にある山のせいか、降雪量が少ない。ノクスは秋が長く続いてるみたいと言っていた。

そんなうちの領でも寒さが本格的になり、暖炉が活躍する。

炭はちゃんとあって部屋の暖炉にも火が入れられている。煤掃除はクリーンの魔法であっという間らしい。クリーンは掃除の魔法だそうだ。さすが魔法の世界と俺は感心した。

雪がやんで、庭を見たら銀世界だった。

二人で寒さ対策をして、いつものアスレチックに来た。

そして足跡もない降ったばかりの新雪に顔から全身で倒れ込む。

「セイ!?　な、なにしてるの!?」

手を伸ばして上下に動かして起き上がる。

「妖精」

人型にへこんだ雪面を指してドヤ顔で言った。腕を動かしたところが扇状に削れて、妖精の翅《はね》に見えるから。

「……ぷっ……セイ、全身雪まみれになって、そ、そんなこと……」

俺の顔に付いた雪を払ってくれながらノクスは笑い転げた。

「でも、こう、足跡のないところに一番に足跡つけたいとか、ない？」

「うーん、そっちはわかるかな……」

「じゃあ、やろう！」

俺は駆け出した。ノクスと追いかけっこになって走り回る。充分に走り回って足跡だらけにすると雪玉を作ってぶつける。軽く握ったからぶつかったら雪が飛び散って崩れた。

「セ、セイ！　ひどいな……」

そう言いながら今度はノクスも雪玉を作って投げてきた。

それからしばらく雪合戦をして雪だるまを作り、雪遊びを堪能したら、メイドさんにお風呂に強制的に投げ込まれた。部屋に戻ったら、鼻が赤くなっていてお互いそれを見て笑った。

魔力制御は大分進展した。体の中で動かせるようになって、ノクスの魔力も手を握っていれば魔力の揺らぎを修正できた。そして余分な魔力を自分に移すことができるようになった。

それと同時に俺たちはすぐ手を繋ぐからそのときちょっとずつ、余分な魔力を外に放出するように仕向けた。

そして、暴走は起こらず、熱を出すのも二週間に一回に減った。これでいいのか確信のないまま魔力への挑戦は続いている。早く十歳になって、魔法を教わりたい。

そんなこんなで冬は本を読むことと雪で遊ぶこと、それからひとつ両親に頼みごとをして終わった。

雪が解け始め、ふきのとうが顔を出すころ、ノクスと出会って一年が経つ。

四月の初め、俺に弟ができた。ヴィンアッドと名付けられた天使はちっちゃくて可愛い。

「可愛い～」

「可愛いね」

出産直後は会えず、二週間が過ぎたころ、「側で見るだけですよ」と言い聞かせられて対面を果たした。

髪の毛があまり見えないがどうやら緑色っぽい。大地の加護をもらっているのだろうか。すぴすぴと可愛らしい鼻息をもらして寝ている弟を見て、幸せな気持ちになった。

兄弟っていいなあ。可愛がろう。いっぱい遊んであげなくちゃね。

ノクスを見ると優しい顔をして見つめていた。ノクスにも兄弟姉妹ができるだろうか。

「星宵《ほしよい》」の設定はどうだったかな。ノクスの兄弟は出てきたっけ？　もしノクスが公爵家にいない間に生まれていたらノクスを知らずに育っちゃうかもしれない。黒髪黒目を怖がらずにいてくれるだろうか。

俺はノクスから弟へと視線を移動しながら、そんなことを考えた。

◇◆◇　◇◆◇

剣術の先生が来た。

シュヴェーレ・クリンゲル。剣聖と呼ばれたすごい人だ。平民からなり上がった人で、騎士爵を賜っている。ウースィク公爵領軍に所属していたが、勇退しようとしたところを俺たちの護衛と剣術の指導に勧誘したらしい。髪と目はうす茶色。剣の神（鍛冶の神の眷属《けんぞく》）の加護があるそうだ。

大柄のいかつい人かと想像していたけど、長身で鋼のような筋肉を持った中肉の体つきで五十歳代くらいの男の人だった。

顔はちょっと怖い感じだけどそこそこイケメンだった。イケおじってやつ？

応接室で顔合わせをして、いつもの運動着に着替えてアスレチック広場に行く。

もう先生は来ててじっと広場を見ていた。

「さて、軽く体を解《ほぐ》してからだ」

準備運動をして軽く走った。先生の目は俺たちの着ている運動着と靴に注がれてた。

あー、多分、珍しいんだろうなあ。

「二人は指揮をする立場だ。一兵卒と指揮官では根底が異なる。そのうち座学で軍を動かす基本の戦略や戦術も習うことになるから、今のうちに字を覚えておくといい」

「もう覚えたー！　本読めるよ！」

「僕も」

「優秀だな、坊っちゃんたち」

口笛を吹く先生。平民からの叩き上げだからだろうか、砕けた感じがする。

「まあ、とりあえずは剣術はどういうものか、見学しとくといい。変な模造剣も預かったことだしな」

あ、もしかしてあれ？　できあがったのだろうか。いつもの護衛騎士さんのほかに騎士さんがいるからなんでだろうと思っていたらそういうことだったのか。

僕たちは休憩のために備え付けてある、ベンチに座って見学する。

先生と騎士さんが向かい合って礼をして構えた。持っている剣はスポーツチャ○バラで使う柔らかい剣を模したもの。

安全に配慮しているスポーツだから参考にした。だって木でできた剣を振るのだって重いと思うんだよ。腕痛めちゃう！

袋状の剣身に空気を入れたもので人を叩いても痛くないものと注文した。

二人は剣舞のように、いろいろな技を繰り出して打ち合った。身体強化もしているみたい。そして五分ほど打ち合ったあと、先生が騎士さんの首元に剣を寸止めして終わった。

「ふにゃふにゃしててかなり使用感が違うが、子供なら確かにこっちの模造剣のほうがいいだろう。成長したら、木剣や刃を潰した剣を使うようにしていこうか。では基本の型を教える」

それから素振りの型を教えてもらって、忘れない程度の回数を毎日することになった。

先生が教えてくれるのは週に二日の二時間だ。

模造剣はまた騎士さんに流行ったみたいだ。笑顔で頭を殴り合っている人たちも見た。ちょっと使用法が想像してたのと違うけど、仕方ない。

「剣術、すごく好きかも……」

ノクスが部屋で寝る前に呟いた。

「ノーちゃん、剣術好きになったの？」

「うん。強くなれば、ここに来る途中で襲ってきた森狼もやっつけられるでしょ？　僕、もう守ってもらうばかりじゃなく、守りたいんだ」

ぐっと拳を握り締めた姿に、俺は頷いた。

「ノーちゃんなら強くなれると思う。きっとかっこいい」

「ありがとう。守るから、ね？」

手を握られて見つめられた。俺は真っ赤になって、ベッドに沈んだ。

推しが尊い。

きっとちょっと鼻血が出てた。そのあとすこんと意識がなくなって、気付いたら朝だった。ノクスには心配された。

◇◆◇　◇◆◇

五月になり本格的な教育が始まった。

家庭教師は算数、歴史、地理、マナー、国語の先生。多分、小学生のとき習うレベルなのかな？

これに十歳以降魔法と領地経営の初歩が加わるらしい。あとは公務。王宮主催のお茶会とかにも参加するらしいんだけど、あの侯爵の子供みたいのがいたら嫌だな。

貴族マナーの先生は優しそうな老婦人。前に公爵家で教えていた人。ダンスも習うことになった。でもノクスが男パートでどうして俺が女パートなのか。

「納得いかない」

練習してる最中、むくれてた俺にくすくすとノクスが笑いながら言った。

「そのうち立場交換で踊るんじゃないかな。女の子いないし……」

「まあ、そういえばそうだけど」

そう話していたら怒られた。

「練習中のお話はダメよ」

当然なので、それからは真面目に練習した。その日は俺が男パートを踊ることはなかった。なんでだ。

算数は簡単な四則計算だったから楽勝。でもノクスは苦戦してたみたい。インド式は教えられないけど、九九なら俺も教えられる。それを覚えたらノクスは優秀だった。

「その方法を詳しく」

なぜか眼鏡をかけた四十代くらいの数学者らしい先生に詰め寄られた。思わずこくこくと頷いて表を書いて渡すと家令にも詰め寄られた。

「見習いの教育に使わせていただきます」

といい笑顔で言われる。

俺が苦戦したのは歴史。長ったらしい人物の名前が覚えられない。終わってからノクスがいろいろ教えてくれた。

地理はゲームのマップが頭に入ってたので楽勝だった。

歴史と地理の先生は王宮の文官をしていた人みたいですごく頭が切れそうだった。今は楽勝だけど、大きくなったら俺の頭で覚えられないことも出てくるんだろうな。勉強頑張らなきゃ。

ノクスは優秀だから、側にいるには俺も優秀でなくちゃと思う。

家庭教師たちは公爵が厳選したようで、ノクスを見ても顔色を変えずに接してくれたから、よかった。

穏やかに日々が過ぎていく。ノクスは顔色もよくなったし、体も大きくなってきた。少し背が俺と差がついてきている気がする。ノクスのほうが高いし、体も一回り大きい気がする。なんでだ？

もっとも成長しているのは俺たちだけじゃない。

「あーーー」

弟が可愛い。愛称はヴィン。目もパッチリしていて、父似のイケメンになるに違いない。日に何度か、顔を見に来るのが日課になった。

ベビーベッドの上でころころと転がったり、意味もなくバタバタと手を動かしてるのが可愛い。

「ヴィン、いないいないばあ……」

顔を隠して手を開いて変顔をすると、めちゃめちゃ喜ぶ。

ノクスがそれを見て微妙な顔になるのはわかる。変顔って外すと痛いよね！

「またあとでね」

メイドさんに抱きかかえられて母にミルクをもらいに行ったのを見送り、俺たちもお昼寝。それでもお昼寝の時間は短くなって、活動時間が増えた。

夜寝る時間は同じだから、俺たちは両親が談話していても部屋に戻る。今は二人、同じベッドで寝ているけどそのうち狭くなって、隣の部屋に行っちゃうだろうなあ。

なんとなく、寂しい感じがしてノクスの手をぎゅっと握る。

「ん？　……どうしたの？」

「いつまで一緒にいられるかな、って思って」

「……？　僕、セイといつまでも一緒にいるつもりだけど……」

胸を打ち抜く最推しのセリフ。

え、なんで欲しい言葉をくれるの。漠然とした不安が一瞬で消えた。

「え、その、もっと体が大きくなったらこのベッドじゃ二人ねられないし」

ノクスはきょとんとした顔をして、顔を近づけてくる。

「そのときはもっとくっつけばいいし、それでも体がはみ出るなら大きいベッドに変えてもらおう？」

ぴたっと額同士をくっつけてじっと見つめるノクスに、俺は鼻血が出そうだ。

「う、うん……そうする……」

俺が頷くとノクスは花が綻ぶように笑って、チュッと俺の額にキスをした。

え、待って。今のなに？

「おやすみ」

なにもなかったようにノクスが目を閉じた。俺は今の出来事に硬直して目も閉じられなかった。

おやすみって言った。おやすみのキス？　そう、今のはおやすみのキス。そう、寝ないと！

俺は無理やり納得して、寝た。

それからノクスからの挨拶のキスが増えた。

最推しのご褒美が尊すぎるんですけど！　てか、俺、出血多量で死んだりしないよね⁉

◇◆◇　◇◆◇

よく食べ、遊んで、学んで寝る。前世で幼少時、これほど密度の濃い日々を過ごした記憶はない。友人との距離もこれほど近くはなかった。勉強は覚えることが増えてアップアップしている。

前世では剣術なんて習わないし、子供のころかけっこはしたけど、体を鍛えるような走り込みなんてしない。

子供は飽きっぽいし、疲れやすい。熱も出しやすい。でも、この世界の今の俺は少なくともノクスよりは丈夫なようだ。風邪なんて引いたこともない。子供のはやり病があるのか知らないけど、ほかの子供と交流する機会がないのでうつらないんだと思う。

春から夏まであっという間。汗をかくことが多くなって、俺考案のスポーツドリンクもどきはどうやら、肉体労働者の熱中症防止に役立っているらしい。

エアコンはやっぱりなかった。そういう魔道具ってないのかなって思ったけど、冷凍庫がないのでお察し。

今ある魔道具は灯りとか、食料保存箱とかそんな感じ。貴族でも魔道具は高いらしくて子供部屋に灯りはないいんだよね。それで最近魔道具に興味を持った。ほら、転生知識チートの最たるもんじゃない？

集中して視ると空気中の魔力というか魔素？　は消費してない。中に燃料みたいな塊があってそこから消費している。魔道具ってやっぱり錬金術とかなのかな。

わからないときは知ってそうな人に聞くのがいいよね！

「母様、これって、どうしてひかってるの？」

弟を愛でに行ったときに聞いてみた。母はかなりの腕の魔法使いみたいだからね。

「魔石っていう魔物の核が中に入っていて、それで光るのよ。灯りの魔法陣が刻まれているの」

「魔法陣！　魔法と違うの？」

「魔法陣は魔法の発動のもとになっているの。セイは魔法を習う年齢じゃないからまだ詳しくは教えられないけど、魔法は適性を持った人にしか使えないの。魔法陣は適性がない人も使えるのよ」

「そうなんだ！　魔法陣のほうが万能なんだね！」

「そうでもないのよ。魔法が使えない人にも使えるようにするのが大変なの。魔石も必要で、魔石は数が少ないのよ」

「そっかあ。魔石って魔法が詰まってるの？　なくなったりしない？　ずっと使える？」

「魔法ではなくて魔力が詰まっているのよ。魔力がなくなったら魔力を充填するの」

「じゅうてん？」

「魔力を魔石に詰め込むことよ。魔力が少ない人でも小さな魔石に詰め込むくらいはできるから、冒険者ギルドで依頼を受けて冒険者が充填することもあるわね。この屋敷は下働きの子がしているわ」

「僕は⁉　僕もしたい！」

「あら？　困ったわね。十歳になってからじゃないとダメなのよ」

「ええええ～～じゃあ、見るだけ！　見るだけならいいでしょ？」

「父様と相談してからね？」

「やったあ‼」

飛び上がって喜んでると、ノクスに生温かい目で見られた。

仕方がないんだ！　六歳児だからな！

それからしばらくして、魔石の充填作業を見せてもらえた。連れてこられたのは下働きの十二歳くらいの子だ。

生活魔法なら使える程度で魔力は平民の中では多いらしい。それで、うちに来るまで魔石に魔力を詰めるアルバイトをして生活費を稼いでたみたいだ。今は下働きの仕事のひとつ、みたい。

その子は普段は接しない上の格の使用人と騎士、それに領主一家に囲まれ、俺の目にも相当緊張しているようだった。ごめんね。大人数で囲ってしまって。

普段は倉庫とか使用人の休憩室とかでやってるみたいだけど、今回は俺たちがいるから応接室を使う。入ったことのない部屋にもビビっているようだった。ほんとごめん。

彼が灯りの魔道具のシェードを取ると、丸い底板の部分に小さな石が嵌《はま》っていた。それを取り外して手に握り込む。

じっと集中して視ると、彼の手からきらきらきらが流れ込んでいるようだ。そこにやっぱり属性は存在しなかった。

魔石がきらきらでいっぱいになると彼はそこで流すのをやめ、元の台座に石を嵌《は》めた。

彼は解放されてほっとした顔をしていた。見せてくれたお礼にお菓子をあげるよう頼んでいたので、きっと喜んでくれるはずだ。

「ねえ母様、灯りの魔法陣があるなら、氷の魔法陣を刻んで箱にしたら、中が冷えると思うけど、どうかな？　部屋の上につけたら部屋が冷えて涼しくなりそうだけど、できないかなあ？」

「氷の魔法はなかなかできる人がいないのだけど、そうね。父様に提案してみるわね」

にっこりと笑った母様は綺麗で、最推しの次に推しかな。

それからしばらくしてなんと冷凍庫とクーラーが完成した。すごいな！　言ってみるもんだな！

役所の執務室と応接室にしかついてないんだけど、そのうち増やすって言っていた。

「セイはすごいね」

ノクスはそう言って頭を撫でてきた。照れる。また知識チートだったかな！

でも、俺の本命は違うとこにあったんだけどね。

◇◆◇　◇◆◇

食欲の秋!!

違った。収穫の秋ということで、父に連れられて収穫の様子を見学しに畑にやってきた。領地のお勉強の一環らしくてよく見ているように言われた。

もちろんノクスと騎士さん、メイドさんが一緒。

秋にいろいろな野菜の収穫が終わったら、小麦の種を蒔くんだって。植える時期が被らないからちょうどいいんだそうだ。この畑に植わっているのはかぶだって。

今回収穫するかぶと言えばハロウィーン。この世界にはないのかな。収穫祭は年末年始だし、なさそうかな。前世ではかぶよりかぼちゃのほうがメジャーだけどね。

かぼちゃは食卓に出るからあるけど、くりぬいてランタンにはしないっぽい。かぼちゃは美味しいよね。今度パンプキンパイを作ってもらおう。

父は収穫のあと、畑に魔法をかけるから収穫のときは引っ張りだこだ。ロアールはこの加護が代々受け継がれているから豊かな領なんだって。

「お手伝いはいいの？」

「そうだな。ちゃんと見て手順を覚えて、もう少し大きくなってからだな」

「そっかー……早く大きくならないかな」

頭に手をやってしょんぼりする。するとノクスがぎゅっと手を握ってくれた。

「すぐ大きくなるよ」

「騎士さんや、父様みたいになれるかな⁉」

俺はがっしりして筋肉質の、男！　っていう感じの騎士を見て言った。

「え……どうかな。僕はそこまで大きくならなくていいと思うけど」

「そっかー……なりたいけどなあ……」

「セイアッド様、ちゃんと好き嫌いなくお召し上がりになれば大きくなれますよ」

俺のお付きのメイドさんがしっかり釘を刺しに来た。セロリはダメなんだよ～。

「う、うん……」

とりあえず返事はした。もうそろそろ収穫は終わりに近づいて、父の出番だ。

畑の中央に立ってなにかを唱えると父の体からきらきらが溢れて空中に何個も魔法陣が現れた。

「すごい……」

思わず見入った。ノクスも見入っているようだった。

その魔法陣が下に降りていき、畑が光り輝いた。うっすらと緑がかった優しい光。光が消えると乾いた茶色の土が、黒々とした土に変わっていた。

え、どういうこと⁉

栄養が抜けた土に肥料混ぜる魔法⁉

そこに父が戻ってきた。父の中のきらきらが激減している。去年ぐったりしてたのはこのせいだったんだ!!　やっぱりあのきらきらは魔力。空気中のは魔素と呼ぼう。

父はなにか瓶を口にしている。飲み干したあと、父の体の中の魔力が復活した。魔力回復薬!?　すごい！　ファンタジーだ!!

「どうだった？」

「すごかった！　肥料魔法なんだね！」

「肥料、魔法……」

父がなぜか衝撃を受けた顔をしていた。

あとで聞いたらあの魔法は豊穣の加護を土地に与える魔法なんだって。加護か〜。

でもあの黒い土、前世でホームセンターに売っていた培養土とそっくりだったんだけどな。

サツマイモも収穫した。料理長にスイートポテトや大学芋、焼き芋も作ってくれるよう頼む。水あめってあるのかな？

かぶはコンソメで煮てトロトロになっていた。かぶって前世でそんなに食べなかったけど、とっても美味しかった。野菜が美味しい領でよかったよ。

そういえば甜菜《てんさい》ってビートっていうんだよなあ。かぶに似ているけど、かぶじゃないっていうし。日本だと北海道で栽培されていた気がする。ビーツはすごくいろんな種類があった。甜菜《てんさい》もたしかビーツの一種で砂糖ダイコンって言われていたっけ。イギリスかどっかで品種改良されたんじゃなかったかな？

砂糖や塩は転生知識チートの定番だったよな。

ちなみにうちの領に海はないんだよなあ。だから、岩塩でも見つけないと塩の生産は無理かな。ウースイク公爵領と反対側は森が広がっていてそこは魔素が多い森だったし、そこから何度か魔物の氾濫《スタンピード》があるから毎回被害を受ける村は大変らしいよ。

領都は領の真ん中で四方に同じ距離で行けるから、ここにしたらしい（地理の授業で習った）。

その日のデザートはスイートポテトだった。美味しかった。

食後の談話室で甜菜《てんさい》がないか聞いてみたら調べてくれるらしい。

その後、まずいけど砂糖の成分が多く含まれるビートが見つかって（なにも食べるものがなければ食べていたらしい。その味を覚えてた人に聞いたんだとか）砂糖をとることができるか実験することになったんだって。

父は俺の言葉を信じて試してくれるからすごく嬉しい。無事砂糖ができるといいな。

「砂糖がとれたらもっと美味しいおやつが出るかも」

「セイ、涎」

「あ、しまった」

手で涎を拭うと、ノクスにくすくす笑われた。恥ずかしくなって、上掛けの中に潜り込んだ。

最近、ノクスはよく笑う。最推しの笑顔は尊すぎる。きっと俺の顔は真っ赤だ。

◇◆◇　◇◆◇

木枯らしが吹く十一月一日。ノクスの誕生日である。今年はどうやら公爵夫妻は来ないみたい。それがわかって、ノクスはがっかりしてた。プレゼントと手紙は届いていたようだったけど。

今回もずいぶん前からプレゼントを考えていた。俺はマナーの先生から刺繍を教わったんだけど、その時間、なぜかノクスは公爵領について地理の先生から習って別の部屋にいる。ノクスに内緒で作業ができたので母の勧めで金地のリボンに銀の糸で刺繍することにした。

ノクスは俺のプレゼントしたリボンしか付けていないので、生地が持たないと思うんだ。だから去年と同じデザインのリボンを何本かと、俺の下手な刺繍入りのリボンを一緒に渡すことにした。

去年のノクスの誕生日にケーキを出してあげられなかったので、ポテトアップルパイ（パイ生地がなかったので作ってもらった。バターが高いのでそういう製法を試せなかったらしい。ついでにクロワッサンも作ってもらった）と、栗のモンブランケーキ。ふたつとも、ノクスが好きな物を大量に使っている。

それとピザ。これもわりと転生チートにあるんだけど、小麦粉の種類やイースト菌などいろいろあって、それがこの世界の小麦粉と同じなのかわからなかったんだよね。

パンは普通にあるし、ケーキのスポンジもちゃんと作れたから多分作れると思って……料理長に丸投げした。石焼窯はないので、こんなの、と言ったらそれもいつの間にか厨房にできてたみたい。

チーズもちゃんとあったのでいくつか試して、ピザに合うチーズを発見できたのはよかったな。トマトソースも俺の記憶にあったのとほぼ変わらないというか、より美味しいのを作ってくれて、料理長ってすごいなと尊敬した。

だってね、料理長にはこういう食感で多分こういう材料、できあがりはこんな味と見た目、って伝えただけなんだよ。大天才だね!!

俺としては食卓がにぎやかになればいいから、前世とちょっと違っても美味しければいいなーと思う。石焼窯はパンを焼くときに重宝すると料理長が言っていた。オーブンの違いで結構味変わるよね。炭で焼いたときとガスで焼いたときの違いみたいな?

とにかくお祝い料理で豪華だった。そしてアップルパイとモンブランに目を輝かせたノクスは尊かった。

「ノーちゃん、誕生日おめでとう」

食事が終わったあと、綺麗に包装したリボンの箱を渡した。

「ありがとう!　開けていい?」

「うん」

「わあ。すごい刺繍のリボン……」

デザインはロアール家の紋章の月にちなんで満ち欠けを繰り返す図案になっている。

「その、ノーちゃんの家の紋章じゃないけど、僕のこと、月にたとえたから……」

うう、顔が火照《ほて》る。なんで、母はノクスのイメージじゃなく、俺のイメージを推したんだろう。

「とっても綺麗。すっごく嬉しい。大切にするよ」

「ええ……普段使いで。あんまり上手くなってないし……」

「え。まさか、これ……」

「うん。僕が刺したの」

そんなに目を見開かなくても。一応前世で、コスプレイヤーの衣装作りを手伝ったことあるから、そこそこ器用なはず。

いや、すごく出来がよくて……じゃないな。母に見本刺してもらったけど、比べるとすごい違いだったからな。

「セイ！」

感極まったようにノクスにいきなり抱きつかれた。そしてすぐに父が引き離した。

え？　どうして？

「はしたない。ちゃんと節度を持ちなさい。いいね？　ノクス君」

「はい。すみませんでした」

「？？？」

ノクスがなぜ謝ってるのか、よくわかんない。

だって、六歳児と七歳児なんだし、男児同士でなんで、はしたない発言が出るんだろう？

まあ、最推しにあのまま抱きつかれてたら鼻血出したかもしれないけど。

「セイ、ありがとう」

「うん。傷んだら、またプレゼントするから、ちゃんと使ってね」

「もちろん」

にっこり微笑んだノクスの笑顔は最大級の破壊力だった。

顔火照《ほて》る！

「あらあらまあまあ」

母よ。なんで楽しそうに笑ってるんですかね。

◇◆◇　◇◆◇

十二月、年の瀬だ。

ノクスはリボンをプレゼントしてから上機嫌で、最近は熱を出すのも少なくなっている。このまま魔力制御を習う年まで大きな発作が起こらなければいいな。

剣術は、段階的に軽いものから重量のある模造剣へと変えている。腕を傷めないが多少負荷のあるもので剣を使う筋肉を鍛えるのだ。

先生は剣聖なので幼児指導で終わる人じゃないはずなんだけど、俺たちの指導なんかしていいのかなあ。でも、指導してない日はうちの騎士団で暴れているらしいので、いいと思おう。うちの騎士たちがすっごく強くなっているらしいけど。

それから春になったら、持久力を身につけるために走る距離を伸ばそうと決まった。アスレチックやドッジボールも続けていく。

弓や槍とかもそのうち練習すると聞いた。

雪が降る季節になった。暖かいロアール領でも十二月に入ると雪が降る日が増える。俺の誕生日近くにはすっかり雪が積もっていた。

風邪を引かないようにしっかりと防寒対策をして雪遊びをする。

アスレチック広場を利用してのチーム戦の雪合戦もこの時期からやるようになった。

去年、雪をぶつけ合っていたときに護衛の騎士さんを引きずり込み、チーム戦で地形戦をやろう、とかいろいろ戦術を練った。そのあと、訓練として毎回参加する騎士さんが変わるようになった。

時折怖い顔で雪を投げてくる騎士さんもいて、あんまり本気出すなよ、大人げないなと思ってしまった。いや、彼らにしたら真剣な訓練だけどね。

チーム的にはノクスチーム対俺チームなんだけど、チームを分けるとノクスが拗ねた。いや、ぶつけ合いするならチームが別になるのは当たり前なんだけど。めちゃくちゃ不満そうだったので、三回に一回は俺とノクスチーム、騎士さんチームにしてもらった。

冬のメイン料理は鍋だ。ポトフやボルシチ、シチューに鶏鍋、牡丹《ぼたん》鍋ならぬボア鍋（魔物ね）とか、主に白菜や根菜で冬にも貯蔵できる野菜物中心に、そのときある肉を加えてあったかいメニューをお願いしている。出汁は洋風になっちゃうけど。

海が遠いので、練り物を作れないんだよね。おでん食べたい。煮込み料理って庶民の料理らしいけど、美味しいは正義でいいと思う。

うどんとかないみたいなので、簡単に小麦粉を練ってお団子にしたものを入れてもらった。すいとんってやつ？　平べったくしたほうとうみたいなバージョンも。うどんも挑戦してもらうことになったので楽しみにしている。料理長、頑張って！

俺の誕生日はクリスマスっぽいごちそうが並んだ。鶏の丸焼きをメインに、前菜やフィンガーフード、スープにパンとケーキ。

大人はワインで、子供はジュースで乾杯。

「誕生日おめでとう」

皆が一斉に祝ってくれた。俺は主役だから一番最初にサーブされる。

一通りごちそうを食べて満足したあと、皆からプレゼントをもらった。

「おめでとう、セイ」

「ありがとう」

ノクスがくれたプレゼントはイヤーカフ。小さなブラックダイヤモンドがついていた。サイズ可変の魔法が付与されていて成長しても着けられるんだって。

「着けていい？」

「うん」

着けてもらうとそわそわする。俺は鏡をめったに見ない。というか、鏡は高価なので普段はお目にかかれない。支度はメイドさん任せなので見て確認しなくてもよかった。

でも、今はちょっと見たかった。窓際に行き、窓ガラスに映る自分を見る。

イヤーカフが自分の耳に嵌《はま》っているのが嬉しい。黒はノクスの色。きらきらしていて綺麗だ。まるでノクスの瞳みたい。

「似合う？」

「とっても。気に入ってもらえたかな」

「うん。きらきらしてて、ノーちゃんの瞳みたいだから」

そう言ったら、ノクスが真っ赤になった。

「そ、そう。それならよかった」

父からは空の魔石。どうしても欲しくてねだった。触っちゃダメだと言われたけど、いざというときは使うつもりだ。それまではポケットにケースごと入れて持ち歩く。お守りみたいなもの。

母からは黒いベルベットのリボンをもらった。ウースィク公爵夫妻からはレターセットと黒地に銀で名前が入っている万年筆。これは息子の近況を知らせてほしいということなんだろうか？

そういえば最近、服の色が黒ばっかりになっている気がするけど、気のせいかな？

第三章　弟たちと初めての王都！

「七歳！」

とりあえずアスレチック広場の樽山の上で宣言した。パチパチとノクスとメイドさんと騎士さんが拍手してくれる。俺は満足げに頷いて飛び降りた。

今年は雪が降るのが早く、かなり積もってしまって雪遊びしかできない。とりあえず雪だるまを作ろう。

「セイはなぜ、必ずゴーレムの像を作るの？」

「……ゴーレム？」

「ゴーレムじゃないの？」

首を傾げた最推し可愛い……いや違う。そう、異世界にはだるまが存在しない。雪だるまって言ってもわかるはずないから、一番近いのは、魔物のゴーレム。

そうだよ！　ゴーレムだったよ！

「……これの腹が開いて乗り込んで操縦できたらなぁ」

「……はい？」

「……ん!!　ゴーレムだよ！　雪のゴーレム！」

あっぷねえ。そのあと、雪合戦までがセット。

初めて会ったとき、ノクスは百十センチメートルくらいだったのに、今は百二十五くらいまで伸びた。子供の成長は早いね。俺はもう少し低いけどね。少しだよ、す・こ・し！

俺の誕生日から新年まであっという間。

収穫祭が近づいているから、屋敷や騎士さんたちもなんとなく浮かれた感じがする。

例によって俺たち子供組と弟はお留守番だ。弟のヴィンの面倒はお付きのメイドさんが交代で見てるんだって。今九か月くらいかな？　大分しっかりしてきて、離乳食も食べれるようになったみたい。

ハイハイもできるようになったし、つかまり立ちも最近するようになって、すぐに大きくなるんだなっていうのが俺の感想。めっちゃ可愛い！　だっこするとミルクの匂いがするもんな。

そういえばノクスもいい匂いするよな。使う石鹸が違うんだろうか。

パチパチと炭の燃える音が響く。もうすぐ新年だから両親はすでに領主館に向かった。俺たちはヴィンの様子を見に来た。ヴィンはすやすやおやすみ中。俺たちはそっと部屋に戻る。

部屋にはメイドさんがお菓子とジュースを用意してくれていた。そのジュースを少し飲んで、窓際に寄る。メイドさんが部屋をあったためてくれたようで、寒くはない。窓ガラスに水滴がついていて、外が寒いのがわかる。今夜は曇り空で、月は見えない。

「まだかな？」

「もうそろそろだと思うよ」

にこっと微笑むノクスはジュースを持っている。俺も手に持って鐘が鳴るのを待っている。外は暗くて街のほうは見えなかった。

ちらっとノクスの髪を結ぶリボンを見る。俺の刺繍したリボンを着けてくれている。外で遊ぶときは刺繍が入ってないリボンを着けて、改まったときにこのリボンを着けている。それを見ると少しそわそわする。そんなとき、つい耳に着けているイヤーカフを触る癖がついた。

マナーの先生は最近『少し距離を取りなさい』と言ってくる。だから、手を繋ぐのも最近減った。それから男が刺繍ってちょっと変だなあとうっすら思ったり。ダンスはいまだに男パートを踊れてないし。

そんなことをつらつら考えていたら、遠くで澄んだ鐘の音が響いた。

ノクスは俺を見てにっこり微笑んだ。新年初の最推しの笑顔、もらいました！

「新年おめでとう」

「おめでとう！」

勢いよく言ってグラスを合わせた。大人の真似してグイッと飲む。ジュースはリンゴジュースでとっても甘くてぎゅっと詰まってる感じがして濃い。うちの領で取れる野菜や果物はホントに美味しい。ミルクやバターも家畜が美味しい草をいっぱい食べてるのか味が濃いし、乳脂肪分も多いみたい。父のチートはすごかった。

こんな年越しはいつまで続くんだろう。

俺とノクスは少しお菓子を摘まんで歯を磨いて、おやすみをした。

七歳児だからね！　徹夜は無理！

積雪に対応した特殊訓練が騎士団にはあるらしい。

剣聖先生も忙しそうだ。でも剣聖先生は本来ウースィク公爵家の騎士なんだけど、すっかりうちに馴染んでいる。いいのかなあ。

騎士団の練習を見学しているときらきらが綺麗な人、ちょっとしかない人、あるけど上手く体に回ってない人とか、いろいろいる。

そういえばうちは魔法使いはいないのだろうか。母の魔法以外、生活魔法しか見ていない。

「魔法使い？　ああ、魔法師は森の近くに宿舎があって、そこで研究をしながら魔物が増えすぎないよう監視しているの。もちろん騎士も一緒だけれど、騎士は領主や領民の治安のほうに重きを置いているから交代制なの。それに数が違うのよ。魔法師は騎士よりずっと少ないの」

母の説明でわかったけど、やっぱり魔法を使えるのは貴族がほとんどで平民は少ないってことか。

でも、ほんとはもっといて魔力の暴走で熱を出して、それが原因でいないのかもしれないよな。

「そうなんだ。なんで？」

「攻撃魔法を撃てるくらい魔力が多い人が少ないからよ。加護や属性も重要だから希少なの」

「へえ。属性のない魔法は使えないの？」

「そうね。まったくとは言えないけれど、使えないわ」

「え～そうなんだ……僕、火魔法、バーンってやってみたいのになあ……」

「セイが……ちょっと難しいかもしれないわね。だけど、もしかしたら属性が火かもしれないから儀式まで楽しみにしていたらいいわ」

「セイが、火魔法？」

そこ、眉寄せて似合わないって顔しない！

「ノーちゃんは火魔法バーンってかっこよく撃ったりしたくない？」

「僕はそれほど、魔法は……どちらかといえば剣技をかっこよく使いたいな。先生みたいに」

あーそういえば剣聖先生、大人げないからスキルで十人ほどいっぺんになぎ倒していたっけ。

「先生みたいに？　もうちょっと紳士的なほうがよくない？」

「セイは先生みたいなのダメなの？」

「うーん、別にダメなわけじゃないけど、ノーちゃんが先生の真似するのはちょっとね。ノーちゃんはもっとシュッとしてかっこいいほうが似合うよ！」

「シュッ……？」

「そこあんまり追及しないで」

「……ええと、もっとかっこいい感じがいいってことかな？」

「ノーちゃんならなにやってもかっこいいと思うよ？」

「…………あ、ありがとう」

なんだか、微妙な雰囲気になった。なんだ？　このそわそわする感じ。母もメイドさんも生温かい目で見ないで！

結局、魔法については追及できず。今のところ、ノクスはそんなに体調崩していないからいいけど。

◇◆◇　◇◆◇

今年から勉強が本格的になって、貴族ってこんな覚えることあるの⁉　って思う。そのうちのひとつに社交があって、うちは領地貴族だから社交の時期に王都に行かないといけないみたい。王都に屋敷を持つか、借りて夏くらいまで王都で社交をしていろいろな領と取引や交流で、他領の状況とか情報交換をする。

子供はデビュタントで初めて夜会に行けると教わった。貴族学院へ入学する年だ。結婚相手は学院で探す人が多いみたいで、なら俺もそれでいいやと思った。

そういえば、貴族名鑑で不思議なことがあった。どう見ても男の名前同士なのに結婚している。どうしてなのかな。女同士もあった。それなのに子供の名前が載ってた。不思議、養子かな？

いや、単に女の子なのに男の名前つけちゃったって感じかもしれない。うん。

「魔物の氾濫《スタンピード》？」

歴史の先生が頷く。うちの領の歴史の勉強が魔物との闘いみたいだった。

鬱蒼とした山に繋がる森は魔の森とも呼ばれて、災害級の主が奥にいるらしい。

十年に一度くらいの間隔で魔物の氾濫《スタンピード》が起こる。魔物の氾濫《スタンピード》は魔素が濃くなりすぎて魔物が異常に増えて森から溢れて領地の村々を襲う現象だ。

数が多すぎてなかなか止められず、毎回かなりの被害を受けていた。そろそろ先の討伐から十年が経つらしい。

「今、領軍は魔の森の魔物の動向に気を配っています。貴方たちが前線に立つことはないとは思いますが、絶対に森に近づかないように。逃げるときはきちんと大人の指示に従って速やかに行動すること」

「はーい！」

「はい」

よい子でお返事。そもそも俺たちが森に行くことはできないんだけどね。今はまだいろんな基礎を勉強中だし、体力や身体能力の底上げ中。

そんな話を聞いてからしばらくしたあと、裏庭に来ている騎士さんが減っていた。なんでも魔物が少し増え、対策に駆け回っているらしい。雪がまだ深いのに大変だね。

領都は壁がなくて無防備だから、あちこちに簡易的な柵を作るみたい。工作兵みたいだね。いろんなことができるってうちの騎士さんたちはすごいね！

勉強する内容が増え、予習復習にぐったりしてきたころ、すっかり季節は春。

四月四日、弟の誕生日だ。

弟は皆が周りにいて構ってくれるのが嬉しいらしく、キャッキャッと楽しそうだった。

「にぃ〜」

俺のことはこう呼んでくれる。言い続けた甲斐があった。

「ヴィン〜可愛いね」

「……セイ、抱きつぶしそうになってる」

ヴィンがバタバタしている。俺の誕生日プレゼントは刺繍した涎掛け。ノクスは将来のための勉強道具を贈ってくれた。

その涎掛けをつけてあげて満足だ。ヴィンが緑の髪だから、刺繍の柄は葉っぱ。父と母もお祝いの言葉を言って抱っこして構い倒した。

和やかなお誕生日会は主役が早々に退場し、お祝い膳を大人が食べて主役がいないところで盛り上がっていた。俺たちも早々にお暇した。

そういえばノクスのご両親は一度顔を出してくれたけど、そのあとは訪れていない。ノクスは寂しくないだろうか。ご両親はちゃんとノクスに愛情を持っていたはず。なのに、どうしてなんだろう。

そう思っていたある日、ノクスにご両親から手紙が来た。

ちょうど勉強の休憩時間になって、ノクスは嬉しそうに手紙を開いたけど、だんだん表情がこわばっていく。

ノクスの手から手紙が滑り落ちた。

「ノーちゃん？」

「弟が……生まれたって、もう一歳だって。僕がここに来た冬に……母上は弟が五歳になるまでこっちには来れないって。外交の仕事でしばらく隣国を回るから、父上も……」

声が震えていた。

五歳まで来られないということは少なくとも四年間、ノクスはここで過ごす。

弟が生まれて大変なのはヴィンを見ていればわかる。

でも、それとノクスが家を離れて暮らすことは、関係ないと思う。

ノクスだって母親に抱きしめられたいだろう。父親に甘えたいに違いない。褒められたいし、愛されているって確かめたいはずだ。愛情の欲しい一番大切な時期なのに。

俺は顔を覆ったノクスの手を取る。魔力がノクスの体の中を暴れまわっている。

それは今まで抑えていた感情が出口を求めているように思えた。泣きたいはずなのに、堪えている。ノクスはいろいろ我慢している。まだ、七歳なのに。

前世の俺の七歳のときなんか、遊ぶことしか考えてなかった。ノクスみたいに大人しく勉強なんかしてられなくて、きっとうろうろしてた。

ああ、もう破裂しそうだ。ノクスの周りの空気にノクスの魔力が満ちていく。

このままじゃまた暴発して大変なことになる。

「母様を呼んできて！　至急だって伝えて！」

部屋の隅にいるメイドさんに声をかける。

手の中のノクスの手は小刻みに震え、魔力に抗っているのがわかった。

父にもらった、空の魔石を取り出した。箱から出してノクスに握らせる。

「ノーちゃん。以前、魔石に魔力を籠めるのを見たことあったでしょ？　覚えてる？　あれをしよう。ノーちゃんならできるから。石に気持ちをぶつける感じで魔力を流そう。大丈夫。ノーちゃんは頑張っているよ。でも弱音は吐いていいの。やってられないって放り出してもいい。向こうが来れないなら、会いに行けばいいよ」

　俺は集中して出口を求め暴れまわるノクスの魔力を石に誘導していく。すると、魔力の一部がノクスの手を通って魔石に向かって流れた。これでいけるかもしれない。

「会いに行って、いいの？」

「いいに決まってる。家族なんだから」

「ほんとに？」

「ほんとに」

　頷くとノクスがぽろぽろと涙を零した。

　我慢してたんだなあ。そりゃあ、寂しいよ。

　どんどん魔石に魔力が入っていく。

「我慢なんかしないで。僕にはいっぱい愚痴言っていいから、吐き出して」

「うん」

「父様バカヤローって言っていいんだよ」

「それはちょっと」

「母様会いたいって言っていいんだよ」

「会いたい」

「帰りたいって言っていいよ」

「帰りたい」

「寂しいって言っていいんだよ」

「寂しい」

「うん。ノーちゃんはえらいね」

よしよし、と頭を撫でる。魔石はもう満タンのようだった。

そっと、ノクスの手から魔石を外す。

「泣いていいよ。かっこ悪いなんて思わないから、声を出して」

「セ、イ……う、うわぁあああん」

ノクスが初めて大声で泣いた。俺は彼を支えるように抱きしめて背中をぽんぽんと擦った。

母が入口で呆然とした顔をして立っていた。それから悲しそうな顔になって俺たちのほうに駆け寄り、抱きしめてくれて。ノクスが落ち着くまでそうしてくれた。その日はそれ以降勉強はなしになった。

その日の夕食後、父が話があると応接室に呼び出された。母とノクスも一緒だ。

父がため息とともに言葉を吐き出した。

「セイ、約束を破ったね」

「ごめんなさい」

「僕のせいです……」

「それで。これがその、ノクス君の魔力が籠った魔石か」

ケースに入れた魔石を見ている。ノクスの魔力を感じる石。俺が大切に持っていたい。

「……どうして、ノクス君に魔力を注げと指示したのかな？」

「魔力が余って苦しそうだったから？」

「どうしてわかったのかな？」

「体の中できらきらしているのが魔力だよね？　ノーちゃんの体内で暴れまわってるのわかったから、外に出したら収まるかと思って」

「……なんだって？　魔力が視える？」

「ノーちゃんのきらきらの流れは時々いびつになるの。そうすると苦しそうだし熱が出るから、魔力のせいなんじゃないのかな？」

「ほかの人のも視えるのかい？」

「剣聖先生は体の中、すっごく綺麗に流れてるの！　ほかの騎士さんはそうでもない。母様も綺麗」

「そうか」

「僕思うんだけど、ノーちゃんみたいな子供っていっぱいいるんじゃないかなあ」

「熱を出す子はいっぱいいるよ。子供はそうやって大きくなるんだ」

「ん、そうじゃなくて、魔力が体の中に納まらないくらい魔力を持って生まれて、それを持てあましちゃうことも多いんじゃないかな……外に出さないと、苦しくなっちゃうくらい」

「それは……あるかもしれないが……」

「魔法使うのが禁止なのはわかるけど……魔力を体の外に定期的に出すとか？　でもすぐにはできないって思うし。魔石に魔力籠める仕事を奪うのもまずいし。なんとかならないかなあ？」

「セイ……」

「ノーちゃんを実験台にしていろいろ試すといいかもね！　実験に協力するならできるよね！」

「実験台……セイ、言い方」

「あ、ごめんなさい」

ノクスは苦笑している。怒ってはいないみたい。よかった、魔力も揺らいでない。

父はそれから視線を泳がしてコホンと咳払いした。

「それから、ノクス君。その、ご両親だが、去年うちに来て夫人が体調を崩されて、そのあと早産になったそうだよ。御子さんも夫人も今は大分よくなったそうだが、ノクス君に心配かけまいとしたんだろうね。ウースィク公爵は外交官だが、国外に出るのを大分渋ったらしい。それでもどうしようもなくてね。そこは理解してほしい」

「はい」

「なにそれ！　具合悪かったらお見舞いに行くのに！」

勝手だな。出産にまつわることは生死に直結するから大事を取るのは仕方ないけど、それで二人とも儚くなったあとに知ったらそっちのほうが悲しいよ。

「セイ……」

「そうだな。では、二人とも王都に行くかい？　途中、公爵家に寄るからご挨拶はできるだろう」

「王都⁉　王様のいる？」

「そうだよ、セイ。春から夏にかけて王都は社交の季節だ。今年は諸々の報告を兼ねて行かないといけないんだ。君たちの年齢では社交界には出られないが、子供だけのお茶会もある」

「僕お茶会とか興味ないけど王都の街は見たいな」

「僕が行っても、いいんですか」

ノクスが遠慮がちに問いかける。

「馬車の旅は私が一緒でないと許可できない。行くか、行かないかだ。こちらに帰ってくるのは夏ごろになる」

「私はヴィンがいるから出かけられないけれど、王都に行く機会はなかなかないから一緒に出かけるといいわ。五歳まではヴィンも私も外には行けないの」

「？　それは世の中の母様と子供は皆？」

「そうよ。セイもノクス君も祝福の儀までは屋敷を出たことはなかったはずよ」

「五歳まで来れないってそういうこと⁉」

「そうなの。決してノクス君を一人にしたいわけではないの」

うーん、でもなあ。ちゃんと理由を話してあげたらいいのにってちょっと思う。

ノクスは大分落ち着いたから苦笑しているけど。

俺はノクスがうちにいるほうがいいから帰ってほしくはないけど、そこのところはいろいろもやもやする。ノクスの髪と目の色はウースィク領でもそんなに忌避されるものなのかって。でも悪意に晒されるよりはここでのんびりしたほうが絶対いい。

「ノーちゃんには僕がいるから大丈夫。ね？」

「うん」

手を握ってにこっと笑いかけると、ノクスが手を握り返して微笑んでくれた。

最推しの笑顔！　尊い。

それを見た父が苦虫をかみつぶした顔しているけど、なんでかな。

もともと魔力を吸い取る技術はあるらしい。そうでないと高魔力の犯罪者を牢に留め置けないわけで、ある程度の魔法封じやらなんやら禁術も含め、王宮の奥や宮廷魔法師の研究所などにあるらしい。

餅は餅屋、ということで魔法師のいる宿舎兼研究所で研究してもらうらしい。夏ごろに領に戻ったら定期的にそこの魔法師が屋敷に訪ねてくる予定だ。子供が通うのは大変だからね！

領の中で、子供の死亡原因も平民含めて調査をするらしい。

いや、してなかったの？　死ぬ確率が高いのが当たり前って思ってたら気付けないのかなあ。

五歳まで育たない原因が貧困や医療、衛生観念の欠如のほかに、持てあますほどの魔力のせいなら世界の損失だ。

魔法師は貴重で、貴族である証拠が豊富な魔力量、といわれるほどだ。平民でも養子にする世界だから当然である。

父は研究のため十歳未満の魔法使用許可及び魔法知識伝授の許可を国王に求めるそうだ。十歳の祝福の儀を迎えてない者が魔法を扱うことは許されない。今回はノクスの治療の一環として使用許可を申し出る形だ。公爵夫人の見舞いがてら、書類を作ってもらうらしい。ちらっと立ち聞きしただけ。ちらっとね！

「セイ」

「んー？」

今お勉強中の俺とノクス。ノクスは一度大泣きしてから吹っ切れたのか、表情が明るい。

結局、ノクスと俺は父の王都への用事にくっついて公爵家に寄り、お見舞いをすることになった。

ノクスは父にお見舞いになにか持っていかなくていいのって聞いていた。

家族に会うのに七歳児が気を遣うなんて最推しが優秀すぎる！

「ここ、違ってると思う」

やっべ、ばれてた。歴史とか覚えられないって。

「えー」

「この本のここら辺に……ほら、ここ」

ノクスは真面目で優秀なんだよな。

開いた本を覗き込み、顔が近づいたノクスの黒髪がさらっと流れるのを目の端に捉える。綺麗だなって見惚れてしまう。

「セイ、ちゃんと聞いてる？」

「あ、聞いてる聞いてるよ！」

それから集中して勉強した。頭から湯気が出そうなくらい。

脳が疲れたときは甘いものがいいよね！　そういえば砂糖は取り出せたのかな？　早くできるといいけど。お勉強のあとはお昼ごはんだった。昼寝がまだあるから速攻寝ちゃった。

寝る子は育つ！

でも、同じものを食べて、同じことをしているのにノクスのほうがすくすく育っているのはなんでかな!?

屋敷中が王都への出発準備でバタバタと騒がしい。

俺とノクスはメイドさんにされるがままだし、荷物をまとめるのもメイドさん任せ。

前は母と一緒だったけど、今回は父とノクスと俺の三人きり。父のお付きの文官も今回は一緒なんだけど、違う馬車に乗っている。それから護衛の人たち。王都で世話をする使用人と家庭教師さんも一緒。王都でもお勉強するんだって。

そっかー……

この旅程で一番の難所は山越え。これがあるから気軽に公爵領や王都に行けない。

でも剣聖先生が護衛についてるから森狼なんて瞬殺だった。

「手ごたえがねえ」

倒したあとギラリとした目つきをしたときはちょっと怖かった。

ノクスはきらきらした目を向けていたけど。

そんなわけで順調に馬車は進み、領境の門を越え、ウースィク公爵領に入った。

うちの領よりちょっと気温が低い気がする。

「なんだか冷える」

「足元が冷えるんだろう。ほら、これを使いなさい」

父が毛布を一枚出してくれた。

「ありがとう、父様。ノーちゃんほら」

頭から被るとノクスのほうの手を挙げてくっつくのを待った。

ノクスは俺と父を何度も交互に見て、父が渋々といった感じで頷くと開けた空間に寄ってきた。

そのまま二人で毛布にくるまるともう夢の中だった。

馬車で熟睡して起こされて休憩所、また寝て起きたら宿みたいな繰り返しで四日目、公爵邸が見えてきた。馬車を停めて降りると、公爵家の家令が代表で挨拶する。公爵は不在で、夫人は寝込んでいるとのことだった。

滞在の連絡はちゃんと届いていて、部屋が用意されていた。いったん旅の疲れを取ってから、夫人の体調を見て面会するみたい。ノクスの部屋は修繕されていてすっかり元に戻っていた。

俺も同じ部屋に滞在する。俺がノクスと一緒に寝ると駄々をこねたからだ。父がまた苦虫をかみつぶした顔をして家令にできるか聞いていた。父様、ごめんね。

ノクスは屋敷に入っても部屋に入るまで、外套を取らなかった。

外套を取ると片づけたのは、いつもうちの屋敷でノクスの面倒を見てくれているメイドさん。俺付きのメイドさんも控えていて俺も旅装を解く。

「お風呂の用意ができました」

ノクス、俺の順で入った。気持ちよかったー！

宿や平民の家はないことが多いけど、貴族の屋敷には風呂がある。それだけは貴族に生まれてよかったって思っている。旅の垢を落とした俺はぐてっとソファに横たわった。

「眠いの？　寝るならベッドで寝て？」

「うん。寝る」

素直に従って寝て起きたとき、ノクスは勉強をしていた。偉いなあ。

「ふぁ……ノーちゃんずっと起きてた？」

「疲れは取れた？　うん。ちょっと復習したかったから」

「大丈夫。馬車はお尻や背中が痛くなるから、長時間はきついよね」

「まあ、そうだね。馬に直接乗るのはどうだろう？」

「僕、聞いたことある！　お尻とか足がめっちゃ痛くなるって！」

「そうなのか。でも、乗馬はいずれ覚えないといけないから、そこは頑張らないとね」

「そう、なの？」

あれか、貴族の必須技術ってやつか！　狩猟大会とかあるんじゃないか？　キツネ狩りならぬ魔物狩りとか！

「うん。戦争があったら真っ先に従軍しなくちゃいけないから、馬に乗れないと困るって」

あ、もっと殺伐とした理由だった。

「戦争かあ……やだなあ」

今は平和だけど、習った歴史には大きな戦争があって国境は何度も変わっている。その上、魔物の氾濫《スタンピード》があってそのたびに大きな犠牲が出ている。

「星宵《ほしよい》」はそういったことにはあまり触れないが、ここは画面の中ではない。本物の人の営みがある。

だから俺は魔王と戦うことも、ノクスが傷つくのも嫌だ。

「僕たちが生きているうちはないと思うけど、備えておくのは必要じゃないかな」

備えあれば患いなし、かあ。

ゲームが始まるまで、ノクスを守るための力をつけることができるだろうか。それまで悪意からノクスを守れるだろうか。

ちゃんと、めでたしめでたしになるようにフラグを折ることはできるだろうか。

「そのときはそのとき！　今はお勉強と剣術だけで精いっぱいだよ～」

ゲーッという顔して言うと、ノクスはくすくすと笑う。

「習えって言われたら、習うしかないんじゃないかなあ」

確かにね！

それからしばらくはノクスの部屋と公爵家の鍛錬場を使わせてもらって、いつもの座学と剣術の鍛錬をした。遊びでやる訓練はあんまりできなかったけれど、キャッチボールくらいはできた。剣術の時間はノクスは素のままだけど、嫌な視線は飛んでこなかった。

ノクスの弟はエクラという名前だ。前にノクスが使ってた子供部屋に今いるらしい。会えないこともないけれど、公爵夫人といるときに会ったほうがいいと思う。

そして公爵家に来て三日後、公爵夫人と会えることになった。

「ノクス、大きくなったわね」

「母上……」

公爵夫人は応接室のソファに座ったまま挨拶をした。立ち上がる体力もなく、以前会ったときより痩せていた。それでも回復しているそうだから、もっとひどかったのかもしれない。ほんとに出産は命がけなんだ。

ノクスは遠慮して立ちすくんだ。俺は彼の背中を押す。ノクスはよろけて振り返って俺を見る。こくりと頷いて促した。

「母上……会えて嬉しい」

ノクスがソファに近寄ると公爵夫人は手を広げる。その胸に飛び込んだノクスは抱きしめられて嬉しそうだった。

俺は父を引っ張って部屋を出た。しばらく二人っきりにしたい。気の利く家令は別室にお茶を用意してくれて、呼ばれるまで待った。

そのあと二時間ほどしてから呼び出され、部屋に行くと明るい顔をしたノクスにほっとした。

少ししてメイドさんがノクスの弟さんを連れてきた。知らない人にびっくりしたのか、泣きそうな顔だ。それを公爵夫人があやして機嫌が直った。

ノクスの弟さんは髪は金色で、目が青かった。めちゃくちゃ可愛い。それにノクスと似ていた。育ったら、きっとノクスと間違われるんじゃないか。そんな顔立ちだった。

ノクスと初めて会ったときに見た、公爵夫人のノクスを見る愛しそうな目と弟さんを見る目は同じだった。でも、ノクスの表情が少し陰ったのがわかった。

「可愛い〜！　僕のね、弟も一歳なの！　ね、ノーちゃん！」

「っ……うん。可愛い。セイの弟さんもすっごく可愛い」

「そりゃあ、僕の弟だからね！　えっと……」

「この子はエクラというのよ。この子もセイアッド君の弟さんと、ノクスとセイアッド君のように仲よくなってくれると嬉しいわね」

「僕も仲よくするよ！　もちろんお兄ちゃんのノーちゃんもだよね？」

「うん。もちろんだよ」

「いや、セイとは今以上に仲よくならなくても十分じゃないかな？」

父――！　なんでそういうこと言うの！　空気読め！

きょとんとした公爵夫人はくすくすと笑って頷いた。

「本当に、ノクスによくしていただいて感謝しています」

頭を下げる公爵夫人に父は焦っていた。

「いえ、セイアッドと仲よくしてくれて感謝しているのはこちらです。特に勉強をする気にしていただき、感謝しかありません」

そこか！　父、そこか！　俺の性格わかってるじゃん！　くっそー！

「セイ、もっと仲よくしてくれるの？」

ノクス、期待に満ち溢れた顔で言わないで。最推しのおねだりに逆らえるわけない。

「もちろんだよ！」

思いっきり笑顔で答えた。でもこれ以上仲よくってどうすればいいんだよ？

「あらあら」

母と同じ感情を滲ませた声に聞こえたけど、気のせいだ。きっと。

父は目的の書類を公爵夫人から受け取ったらしい。次は王都だ。

少し体調がよくなった公爵夫人に見送られ、公爵領から更に北にある王都を目指す。

途中の休憩所で葡萄畑を見つけた。公爵領の特産はワインなのかな？

「ああ、あれは葡萄の木だ。公爵家のワイナリーはいいワインを作っている。セイは大人になってからじゃないと飲めないぞ？」

「ワインって僕は飲めないの？　ジュースじゃないの？」

「ワインはお酒だね。葡萄ジュースを発酵させたものがワインだな」

「発酵……」

「帰りに寄っていこうか。手紙を出しておこう」

「うん！」

ノクスはじっと葡萄畑を見ていた。ここは将来ノクスが守っていくのだ。なにを思っているかはわからないけど、目で見て感じたことはきっとノクスの糧になる。

寄ってくる魔物はすべて剣聖先生が蹴散らし、しまいには騎士さんたちが剣聖先生に領主一家を守ってくれと馬車に追い立てた。父もひきつった顔で了承した。先生は今は父の隣で腕を組んで寝ている。

ほかに野盗などの襲撃もなく、無事、王都に着いた。

王都は防壁に囲まれた街で王宮がある。俺たちの馬車は王都の貴族専用の門へと向かう。

家令が門番と対応し、すんなりと入ることができた。

「あっち、並んでいるのにもう入るの？」

「あの門は商人や平民の通る門なんだ。人数はあちらのほうが多いから、仕方ない」

「どうしてなの？」

「それが身分というものなんだよ。伴う責任の重さもあるね」

父は偉いから、とは言わなかった。責任の重さといった、優遇される理由をきちんと言ってくれたからちょっと嬉しいな。

俺も貴族という身分にふさわしい人間にならないといけない。前世の感覚だとわからない部分もあるけど。

王都には我が伯爵家の所有する屋敷があって、滞在しない期間は管理人が預かり、屋敷内をメンテナンスしてくれているそうだ。

護衛の騎士に先触れを頼んで、ゆっくりと道を屋敷へと進む。綺麗に舗装された道。石造りの高い建物。五階建てが整然と並ぶ。壁は色が塗られ、窓には硝子が入っている。街並みがカラフルで綺麗だ。急勾配の赤い屋根が特徴的だね。

前世でヨーロッパの街並みを写真で見たけど、そんな感じ。ローテンブルクの街並みに似てるかなあ。

道は街の中央へ延びており、中心には王城がある。日本の武家屋敷みたいに城の周りに貴族の居住区がある。王城に勤める法衣貴族や領主貴族のタウンハウス等がある貴族街、商業区画、貴族学院がある学生街、職人が住む職人街や平民の住む市民街に分かれている。

中央には広場があり、道が交わって門へ通じている。その貴族街の一角にこぢんまりとした庭のある三階建ての建物がロアール伯爵家の王都の屋敷だった。外壁は薄いミントグリーンで、窓枠や扉の枠はパステルカラーのグリーン。屋根は赤い素焼きのレンガだ。全体が緑色系統なのは豊穣の加護の色だからかな？

「庭がある」

「セイ、第一声がそれなの？」

くすくすと笑うノクスになぜかエスコートしてもらって馬車を降りた。

「うん。背の高い建物ばっかりだったからあんな感じだと思ってたんだけど」

集合住宅ばかりだと思っていたら戸建てがあった！　みたいな驚き。コスト的には戸建てのほうが高いじゃん？

「我が家は一応この国の食糧庫だからね。それなりの扱いをしてもらえるんだよ。この家は初代からの持ち物だからね。周りはずいぶんと変わったらしいけれど」

管理人が扉前で待っていて、家令に鍵を渡し、後ろに下がった。家令が鍵を開けて俺たちを応接室に案内し、支度が整うまで待つことになった。

「王都には学院があるんだよ。セイも、ノクス君も十五歳になったら通うことになる。あとで見に行ってみるかい？」

え、貴族学院が見られる？

「行ってみたい！」

「セイが行くなら僕も……」

「わかった。王宮での仕事は明日からになるし、疲れてると思うけど午後に行ってみようか」

父はその場で何通か手紙を書いて家令に渡していた。

料理長もついてきてたからお昼は料理長が作ってくれるって！　やったあ！

言動が幼いって？　いいんだよ。七歳児だから！

各々の部屋が整ったと報告が来ていったん解散。

俺とノクスの部屋は三階の父の部屋の隣の隣。居間があってその隣に寝室とバスルーム。持ってきた着替えと勉強道具などはもう運び込まれていた。

メイドさんの控室もあって、そこでお茶とか用意してもらえるみたい。少しサイズダウンしたうちの屋敷みたいな間取りに安心する。

窓から外を見ると庭が見渡せた。塀に沿って樹木が植えられて芝生に遊歩道、季節の花々が植えられている。その向こうに王都の街並みが見えた。

庭が綺麗なので鍛錬はどこでするんだろう？　裏庭があるのかな？　メイドさんにお願いして屋敷を見て回る。規模としては領地の屋敷の三分の一程度。

一応基本的な機能はそろっている。馬車寄せと厩は裏手にあって裏門から出入りできる。そこが使用人の通用門だった。

小さなサロンとホール、応接室、食堂は一階。客間、使用人部屋は二階、領主と家族は三階。地下室に食糧貯蔵庫とワインセラー、倉庫があった。

一通り見て回り庭に出た。春なのでさまざまな花が咲いていて、いい匂いがあちこちからする。蝶も飛んでいて綺麗だった。

「綺麗だなー」

思わず大輪の薔薇に顔を寄せて見つめる。白い花弁で根元がうっすらと黄色い多弁の薔薇。甘い香りがする。ほかにも赤やピンク、グラデーションのように色が変化した薔薇もあった。

「……うん。綺麗だ」

そっと後ろに近づいてきたノクスの声に屈んでた姿勢を戻す。

「ここの芝生傷つけちゃうからいつものはできないね」

「うん。どこか違うところでやるかもしれないね。先生出かけたみたいだし」

「そっかー。お手柔らかにしてほしいなあ」

「ガーデンパーティーにはいいかもしれないね。綺麗だし」

「あーそっか。貴族のたしなみ、お茶会とか」

「お茶会なら子供も参加するんじゃないかな。社交界の事前経験みたいな感じの。そのうち僕たちにも招待がくるかもしれないね」

いつの間にか手を握って花壇の側を歩き出す。

あれ？　なんだかそわそわする。他愛ない話をして庭をゆっくり歩く。なんだかすごく楽しい。それに花の香りかな。ノクスのほうからすっごくいい匂いがする。とても安心する、満たされる香り。まるで、ノクスの魔力のように。

「セイアッド様、ノクス様、お食事の支度が整いました」

メイドさんが言いに来た。

「じゃあ、もどろっか」

ノクスを見て言う。手が離れていく。少し寂しく思うのはきっと気のせいだろう。

「うん。行こう」

着替えをして食堂へ。料理長のご飯はとっても美味しかった！

午後になり、外出着とフード付きのマントを纏って馬車に乗る。学院は北側にあるそう。その区画は学者の研究施設も多くあるそうだ。

「ほら見えてきた。あのひと際高い尖塔がそびえ立つ棟が学院の学び舎だよ」

尖塔にアーチ型の窓。壁に囲まれた中に見えているそれはまるで、某魔法学校のようだった。

馬車を馬車停めに停め、先に父が、次にノクスが降りて俺に手を差し伸べる。その手を取って降りると、父が手招きして通用門らしきところへ向かう。

どうやら、入場許可の手続きをしてから入るようだ。

「このバッジをつけなさい。出るときは返すんだよ」

「はい」

「はーい」

丸いピンバッジ。でも、魔力を感じる。

胸元につけて通用門を潜ったとき、なにか違和感を覚えた。なんだろう。気持ち悪い。

「父様、なんだか今、変じゃなかった？」

「僕も、なんか気持ち悪かった」

「ああ……それは……」

「おや、結界を感じたかね。優秀な御子さんたちだ」

わあああ!!　白髪のおじいちゃん!!　ローブ纏ってる！

「学院長、無理を言ってすみませんでした」

父が頭を下げる。

学院長！　映画の世界みたい！　あ、ここ乙女ゲーの世界だった。

「いや、なに。未来の生徒の手助けはいつでもさせていただくよ。ふむ。二人とも、かなりの魔力持ちじゃな。特にこちらの……」

「ノクス・ウースィクです」

「ほう、公爵家の……。ではこちらがセイアッド君かな。なるほど、立ち話もなんじゃ。案内がてら応接室で話をするかの」

建物の中に入り、応接室までの廊下を歩く。案内された棟は教員用で今の時間学生はいなかった。

高い天井の廊下を進む。

「星宵《ほしよい》」では学校は空から俯瞰して全景を映しつつ、回り込んで門をくぐる主人公のアップに繋がる、オープニングシーンに出てくる。廊下も背景のスチルで見かけたものだ。

ああ、初めて来るのに知っている場所って、落ち着かない。思わず、ノクスの手を握る。ノクスが俺を見てふっと笑った。

ああ、最推しの笑顔尊い！　漠然とした不安が吹き飛んだ。

ふと廊下の窓の外を見ると外は中庭のようで中庭は芝生が青々としていた。遊歩道がまっすぐ、建物に沿って敷かれている。しばらくすると、応接室の扉の前で学院長が立ち止まった。

中に招かれ、ソファに並んで座った。奥から父、俺、ノクスの順だ。

秘書か助手か事務の人だかわからないが女の人がお茶を持ってきて去っていった。

「さて、私は学院長をしておるグレイビアド・ネウトラルじゃ。結界はこの学院を外界から守っておる。また、魔法の訓練のときに、街の被害を防ぐためでもある。通常、この結界は感じることはないが、そなたたちは魔力の感知に長けているようじゃ。魔法に関しては十歳の加護の儀を迎えなければ使うことはできぬが、そなたらは制御を覚えたほうがよかろう。覚えないほうが危険じゃな。では私も署名するとしよう」

「ありがとうございます」

父は紙（羊皮紙）を出して、署名をもらった。もしかして俺たちのため？　その話も、手紙でしていたのか。ん？　俺も？　もしかして魔法チートきた？

「魔石についても聞きたいのであったな」

「はい、この子が魔力暴走と言っていましたが、空の魔石をノクスに持たせ、魔力を注がせたら収まりました」

「確かに、魔石に魔力を注ぐのは十歳の加護の儀を済ませればたやすくできることじゃが、この子らは七歳じゃろう？　まだなにも知らないのではないかな？　習ってもいないだろうに、それで暴走を収めたじゃと？」

「僕きらきらが視えるの！　ノーちゃんの中のきらきらは時々外に出たがってるように視えたの！　だけど、ただ出したんじゃ周りで暴れるから魔石に入ってもらったの」

「なんじゃと？　そなた、魔力が視えるのか？」

「？　普通は視えるんじゃないの？」

「セイ、普通は視えんぞ」

「ノーちゃんは？」

ノクスは苦笑して首を横に振った。

「僕も視えないよ？」

マジ？　魔法使える人は皆視えていると思ってた！

「セイアッド君。それは魔力視というスキルじゃな。訓練すれば視える者と、先天的に持っている者がいるが……最初はどうして視えたのかな？」

「母様が氷の魔法を使ったとき、じっと視てたらきらきらしてたの！　だから魔力かなって。騎士さんたちとか、体の中ぐるぐるしてたし、ノーちゃんはね、たまにまだらになる。それに魔力を魔石に注ぐのは見習いの子がやるのを見たから、やり方はわかったんだよ」

「ふむ。私は魔力は感知できるが、それは魔力感知というスキルじゃな。感受性も関係するが……魔力視というのはそれよりも有用じゃな。魔法師には喉から手が出るほど欲しいスキルじゃよ。魔法師向きの才能があるかもしれんな。これは加護の儀が楽しみじゃ」

ノクスの表情が陰った。

「……あの、僕、悪い加護なんでしょうか？」

ノクスが俯き加減にぽつりと尋ねた。

「加護に悪いものはないはずじゃ。それに加護の儀を経ないと判明しないじゃろう？　なにが心配じゃな？」

ノクスはいまだ被っていたフードを取る。

「黒い加護って気味悪い、でしょ？」

黒髪、黒瞳を見せて、じっと学院長を見た。

学院長は横に首を振る。

「黒い髪や瞳を持つ者は強力な闇属性が多いが、闇属性は希少で素晴らしい属性じゃ。黒は神聖を表す貴色とする国もある。それに闇属性ではない可能性もある。宵闇《よいやみ》の神の加護も確か黒になるのじゃったかの」

宵闇《よいやみ》……。ちらりと乙女ゲームのことが頭をよぎる。

「宵闇《よいやみ》の神は夜を司る神で、癒す力を持っておる。夜に寝ると、疲れが取れるじゃろう？ それは宵闇《よいやみ》の神の御力だと言われておる。そして、闇を照らす月の神と伴侶だという。月の光は宵闇《よいやみ》の神にとって心を安らげる光だと言われておる」

ちらりと学院長の視線が俺に来た。

なんで？

父は口元を押さえて考え込んでいる。

「一方で昼を司る太陽神と太陽神と仲のよい星と花の力を持つ星花神は、宵闇《よいやみ》の神とは仲がよくないとされておる」

「なんで仲が悪いの？」

「太陽神が月の神に横恋慕したからじゃよ」

来たー！ 神様の恋愛事情！ ギリシャ神話や八百万の神々、北欧の神もいろいろあるよな！

ここもか！

「月は昼間でも空にあるし、新月には月は姿を現さないから宵闇《よいやみ》の神はやきもきしたらしいと神話では伝わっておる」

「星と花の神は？」

「星は闇夜を美しい星空に変えることができるでの、宵闇《よいやみ》の力を弱めると言われておる。花は太陽の光を浴びて輝くから、太陽神に愛されている」

「え、太陽神って浮気者なの？　いるよね、仲いい人間関係を壊すクズな人。僕そういうやつ嫌い。宵闇《よいやみ》の神のほうがいい」

ギリシャ神話でも嫌がる女の子を追っかける神様いたよな。

「ノーちゃんは浮気なんかしないよね？」

「もちろんだよ！」

ノクスが慌てて首を縦に振る様子に、父が片手で顔を覆った。あれ？

「……セイアッド君は銀の髪に金色の目か。加護の儀が楽しみじゃ。のう、ロアール伯爵殿」

「勘弁してください。私は今からいろいろしなければならないことで頭が痛いのです」

「ふあっはっはっは。親とはそういうものじゃろうて。この子たちの魔法教育に関して助力は惜しまんよ。そのほうが世界のためじゃ」

俺にはいまいちわからない話は終わり、お菓子とお茶をいただいてお暇の時間が来た。

「学院に来るのを楽しみにしておるぞ」

にこやかに手を振って見送る学院長に俺たちも手を振って別れ、学院をあとにする。この学院に来る日が楽しみだ。

「おじいちゃん先生、面白い人っぽいね」

「こら、セイ、せめて学院長と呼びなさい。できれば姓を付けて呼ぶほうがいいが……」

「え～名前は難しくって覚えられなかったよ～」

「グレイビアド・ネウトラル卿、当代の賢者、だよ」

「え、賢者？」

「そう偉大な人なんだよ」

「セイ、それくらいは一般教養の範囲だぞ。ノクス君、帰ったら復習させてもらえるかな？」

「はい。みっちりと」

「待って待って待って～～～！」

はい、屋敷に戻ったらしこたま扱《しご》かれました。くすん。

翌日から父は忙しいらしく、朝食も早い時間に済ませてあちこち巡るみたい。俺たちはというと、座学を中心に進める予定だ。

せっかく王都に来てるんだから、馬車から見た通りを歩いてみたいけどなあ。

家庭教師さんたちがアップを始めているみたいで、書斎らしき部屋へと連れていかれた。張り切った彼らの授業のおかげで、お昼と軽いお昼寝とおやつの時間以外は夕方まで勉強を頑張った。

「死ぬ～～」

「死なないよ。大丈夫」

ぽんぽんとノクスに頭を叩かれる。

いや、なんか頭使いすぎて湯気出そうなんだけど。

「ノーちゃんほど頭よくないから無理なんだけど」

「計算とかは僕より早く覚えたのに？」

それは前世知識だから別枠！

「む～」

机に突っ伏して唸っていると、ノクスがくすくす笑う。

その笑顔に陰りはなくて、いろいろ吹っ切れたのかなと安心する。そんなまったりした夕飯までのひとときを邪魔する声がした。

「喜べ！　修練場を貸してもらえたぞ！」

剣聖先生、ドア壊れそうなくらい勢いよく開けなくてもいいから。

剣聖先生は走り込みや剣を振り回しても問題ない場所を見つけるのに伝手をたどって走り回ってくれたらしい。最終的には稽古をつける、という対価で王城の騎士団の訓練施設の一部を貸してもらったとのこと。

期間は夏まで。うちの父のサインもちゃんとしてもらったみたい。公爵夫人のお許しもいつの間にかもらっていた。

ロアール領でも騎士団に訓練してくれていたから問題なさそう。なんせ剣聖先生は動いてないとダメみたいなんだよな。回遊魚か。

午後の二時間ほどをその訓練に使わせてもらう。そこは、王城の裏門から入るとすぐの騎士団の修練場。均《なら》された土のコートのような広場に、弓の的や道具類が置かれた半室内の道具置き場。

本来ここで訓練をする騎士さんたちは、今は馬の訓練場にいる時間だそうだ。

「まあ、いつもの通りだな。始め！」

練習着を着てマントを被ってきた俺たちはそれをメイドさんに預け、走り込みや柔軟で体を温めた。

素振りの型がブレると直るまで見てくれる剣聖先生は面倒見がすごくいい。所作も言葉も粗っぽいけど、脳筋なんてそんなもんだしなあ。

剣聖先生はみょうちくりんな剣、と模造剣を指して言っていたけど、危険がないから子供に持たせるのはいい、と推薦状を書き、貴族や騎士の子供向けにうちの父が売り出したそうだ。男の子は剣に憧れるし、安全に模擬戦ができるので売れているらしい。

やべえ、どっかに訴えられないかな。まあ、ここ異世界だけど。

今は木製のショートソードを素振りに使っている。剣を振るう筋力をつける意味があるらしい。筋トレじゃないので、そこそこの重量にしてくれた。

意外と子供好きっぽいし、最初はびっくりしちゃったけど、慣れると剣聖先生のすごさがわかる。

道中、魔物を蹴散らすのを何度か見た。目で追えないほどの動きで魔力の輝きが綺麗だった。あれはラノベでよく出てくる身体強化なのかな。現役を引退した今でも慕う騎士さんたちは多くて、よくノクスと俺の指導を引き受けてくれたと思う。

王都でも非番なのか、遠目にこっちを見学してる人がちらほらいるからなあ。

「セイアッド坊っちゃん。上の空ならもう五十回ほど素振り追加してもらおうかな」

「あ、まって！　ちゃんとする！　ちゃんとするから！」

俺は気合を入れて剣を振った。すっぽ抜けた。

勢いよく地面に跳ね返ってスライディングする剣は誰かの足にぶつかって止まった。

横でノクスが噴き出したのがわかった。

「ごめんなさ～……い？」

慌てて拾いに行ったら、ぶつかった足の持ち主が剣を拾い上げた。

剣を追って視線を上に向けると、小生意気な感じの俺と同じ年くらいの男の子が立っていた。

「剣を落とすとはなってないな。それでよく、剣聖の指導を受けている」

はい？　なんだこの子。喧嘩売ってる？

「僕には選ぶ権利はないんだよ。そもそも、剣聖だって知らなかったしね！」

胸を張ってドヤ顔で言ってやった。そうしたら、相手は一瞬固まった。

「お～い、マジか～」

後ろから本人の突っ込みが入ったが、気にしない。

目の前の子供は俺の木剣を確かめるように弄《もてあそ》ぶと、不愉快を現した表情をして無言で俺に剣を振り下ろしてきた。

「なにをする！」

その剣を受け止めたのはノクスの剣だ。

子供を睨んで抗議した。

ノクスもそういう顔できるんだ。初めて見た。ついノクスの背中の後ろに隠れた。

あっぶね～。こいつなにするんだよ。

まあ、当たらなかったけど。顔狙ってきたよね、君。

「こらこら。人に剣を向けるのは模擬戦以外禁止。指導の邪魔はしないでもらえませんか。殿下で、ん、か……

殿下⁉

割って入ってきた剣聖先生はこの目の前の傍若無人な子供と面識があるようだ。

「僕に指導してもらいたい。そもそも、卿には打診したと聞いている。この子らより僕に教えたほうが卿のためになるはずだ」

「あ～、こちらの指導のほうが先に頼まれましたし、今の所属はウースィク公爵家ですからね。難しいです」

「契約を解除すればいいだけだろう」

「いや～今の職場、気に入ってるんで無理です」

魔物狩り放題だしね、うちの領。

「先生、この方は……」

ノクスが目の前の金髪に青い目の子供の正体がわかったみたいで、先生に尋ねた。
そもそも、こいつ、いきなり人の邪魔して名乗らないしな！
印象最悪だな！
「第二王子殿下だ」
あーやっぱりね！　王城だもんね！
こんなところで攻略対象者と出会いイベントかよ！

第四章　攻略対象者と初めての邂逅！

「星宵《ほしよい》」のメイン攻略キャラクター、第二王子。

長身で金髪と青い目がまさに王子様！　というキャラクター。本編ではノクスと仲が悪くてあまりいい印象がない。

そしてこっちの世界でも、彼にいい印象がないのはとっても困る。

「そうだ。僕は第二王子、ヘリスウィル・エステレラだ」

えー、名乗らなきゃいけないの？

「ノクス・ウースィクだ」

「……セイアッド・ロアール……」

ノクスの後ろに隠れつつ言った。

ふんと鼻息を荒くした第二王子が俺たちを睨む。普段は優しいノクスも第二王子を睨んでいる。

あれ？　睨み合ってる？

よく見ると第二王子の背後には数名の護衛の騎士さんがいる。護衛騎士さんは申し訳なさそうな顔をしているのがわかった。

「黒の髪、目、噂は本当だったな。ウースィク公爵家の嫡子は闇の申し子といわれていると」

「違うよ！　宵闇《よいやみ》の神の子だよ！」

盛ってやれ。身体的特徴を揶揄《やゆ》するやつはダメなやつだ。そもそもこいつ、性格悪い。

「なんだ？　お前。ウースィクの後ろにいるくせに言葉だけは一人前か……ん？　なんだお前ら、恥ずかしいやつらだな、その格好」

第二王子は俺たちをじろじろ見てそんなことを言った。恥ずかしい格好ってなに⁉

「おやめください、殿下。修行の邪魔をせんでください」

剣聖先生が再び割って入った。本当に不愉快だ。

「先生、今日はもう帰りたいよ～」

泣き真似をしてみる。七歳児だからな！　目の端に唾つけとこう。

「セイ、大丈夫？　先生……」

「あーわかったわかった。帰ろう」

俺たちを剣聖先生が出口のほうへ押す。

ノクスが俺の手を握って引っ張り、足早に去ろうとする。

「ま、まてっ……まだ話は……」

「……ってことで、騎士たちへの訓練はまた今度な。お前たちがそう伝えてくれるか？　場合によってはもう来ねえ。じゃ、よろしく頼むわ」

どうやら、剣聖先生は後ろにいた騎士さんたちにお願いしてこの場を収めるらしい。

「殿下、戻りましょう」

「まだ、話は終わっていない」

「私たちが恨まれるんですよ、殿下。本来なら騎士たちに特別訓練があったんです」

「なんのことだ⁉」

「説明しますから戻りましょう」

後ろから言い争う声がした。二人のお付きの騎士さんが殿下を説得中だ。

「第二王子殿下は馬鹿なの？」

俺は不思議に思って聞いた。王族ならもう少し大人の対応をするんじゃないかなって。傲慢な子供の言動で、優秀とは思えなかったんだけど。あの五歳のとき喧嘩吹っ掛けてきた子と同レベルっていうか。

「いや、セイアッド坊っちゃん、それって不敬って言うんですよ？」

「え～～王族だからってやっていいことと悪いことがあると思う！」

「僕もそう思う」

ノクスが頷き、ぎゅっと俺の手を握る手に力が入った。ノクスが一番憤っているんだろう。いきなり髪と目の色に言及されたし。剣聖先生はノクスのお父さんが雇っているのに、今は国内に不在なのにもかかわらず、ごり押しって……ダメじゃん。

「あ、ところでなんで、あのバ……殿下は僕たちのこと恥ずかしいって言ったの？　なんかおかしかった？　この服、変なのかな？」

前世のスポーツウェアっぽく作ったんだけど、それがおかしいのかな？　絶対かっこいいのに！

色は俺のが黒、ノクスのは白で銀の月のワンポイントが入ってる（俺の刺繍）。

「いや、そこじゃないと思うわ」

先生の突っ込みにノクスは苦笑していた。

「すごく似合ってると思うよ」

「だよね！　失礼な人だったね！　ノーちゃん」

「うん。優秀だって噂だった気がするけど、絶対違う」

ふんすっと鼻息荒くノクスが珍しく言い切ってる。もしかしてやっぱり相性悪いとか、そんな感じ？

ゲームの強制力があるのだろうか。容姿は真逆で、成長すると王子はイケメン！　って感じだけど、ノクスは危険な色気がある美形に成長するからなあ。

「なに？　セイ……」

ノクスが首を傾げて俺を見返した。

ヤバ。思わずじっと見てしまった。

「僕のせいで、絡まれてごめん」

「なに言ってるの。失礼なのは向こうで、セイにはなんの落ち度もないよ？」

「そうだ。あれは殿下が悪い。王族だからってやっていいことじゃないぞ。対価を払う契約をしてあの場所を借りたのに、予定の半分も使えなかった。場合によってはもう使えん。また最初から探し直しだ。大損はこっちだ」

何気に剣聖先生も怒っていた。

ノクスは王城を出るとき俺の手を握ってきた。じっと心配そうに見つめるノクスと目が合う。トクンと鼓動が跳ねる。

「セイは僕が守るから。もう危ない目に遭わせない」

ノクスに真剣に言われる。手を離すなんてできなかった。

剣聖先生と一緒にいったん屋敷に戻った。先生は父と話し合うって言っていたけど、すぐ非番の騎士を連れて走ってくると行ってしまった。さすが回遊魚。止まったら死んじゃうかも。

結局、翌日は行かないことになり、座学に取って代わられた。

それが三日ほど続くと遊びたい病が出た。

剣聖先生はまた飛び回っていて夜しか帰ってこない。父も王都でしなければならない仕事が山積みなのか、副官と文官を連れて駆け回っている。そんなわけで、父に手紙を書いて返事待ち。

「やった〜〜！　ノーちゃん！　お許しが出たよ！」

父に出した手紙の返事が来た。

「お許し？」

「じゃーん！　見て！」

俺はノクスに父の手紙を見せた。

「王都観光の許可証です！」

「はい？」

サプライズ成功！

「どうして俺だけ休暇はなしなんだ」

ぶーたれる剣聖先生以外の家庭教師さんはお休み。ウースィク公爵家及びロアール伯爵家はホワイト企業なのでちゃんと休みがあります！

「先生は明日休みじゃないですか」

ノクスが苦笑しつつ言う。剣聖先生は俺たちの王都観光の護衛をしてくれている。もちろん少し離れて騎士さんが四人付いているけれど、強面が睨みを利かせば余計な面倒事はないだろうという配役だって。

俺とノクスはお小遣いをもらっていないが、お付きのメイドさんたちが払ってくれるそうだ。基本は馬車移動、危ない場所には行かない、剣聖先生と必ず一緒に行動することを条件に王都の街の見学を許された。

貴族街は比較的治安がいいので安心だけど、平民街では裕福な子供が狙われ、誘拐などの犯罪が時々起きているそうだ。気を付けなくちゃね。

大貴族は買いたいものがあればお抱え商人に来てもらう（いわゆる外商？）のが普通で、日用品などは使用人が購入する。

貴族街に近い商店は高級品を扱っている。商業街は平民街に近づくと平民相手の店構えになり、広場には市が立っている。

王城のある場所は騎士が立って門番をしている。中央広場は噴水があり、そこかしこに人がいた。服装を見るとそこそこいい服だったから中流層が散歩にでも来ているのかもしれない。

「散歩したいなあ」

窓から通りを見ているだけなので、ちょっとつまらない。

「ふああ。俺も退屈だが、もう少ししたら降りる場所に着くから我慢しろよ」

「ええ⁉　それを先に言って！」

「お楽しみは取っておくもんだ」

「ぐぬぬぬ……」

「セイ、もっと上品に。まあ、気持ちはわかるけど」

ノクスから教育的指導が入ってしまった。

「セイアッド坊っちゃんが暴走しないように、ノクス坊っちゃんがちゃんとエスコートしてくれよ？　降りる場所はあらかじめ決まってるから文句を言うなよ？　貴族の子息が簡単に外出しちゃあ、ならんのだからな」

「はーい」

「はい」

窓からの景色をとりあえず堪能して着いたのは商店の並ぶ一角。

「ここは雑貨を取り扱っている店と、裁縫関係を扱っている店だそうだ」

雑貨！　裁縫！　テンションが一気に上がった！

「ほら、入った入った」

転生してから初めてお店に入る。入口はベルのついた扉で外壁はレンガ。中は暖かそうな色の壁。硝子のショーウィンドーや什器に商品が並べられている。置いてあるのは見本で、注文して届けてもらうみたいだ。

きょろきょろと店内の様子と並べられている商品を見て回る。文房具やおしゃれに関するものが多い。タイを留めるブローチやカフスボタン、玩具に近いもの、部屋に飾る小物などがあった。

「これはなに？」

コンパクトみたいな表面に花などの模様が彫られた物や小さな石をあしらったものが飾ってあった。ファンデーション？

「それは薬入れですね」

柔和な笑顔を見せていた店員さんの一人が説明する。

開くと間仕切りがあり、確かに小さいものを入れる容器になっていた。

「へえ、薬屋さんにあるんじゃないんだ」

「持ち歩くのに可愛らしいデザインを好む方が多いので、装飾性が高い品を置いてあります。こだわらないのであれば薬屋でも売っています」

「そうなんだ」

俺はこの世界でもピルケースがあるんだなと感心した。香水や化粧小物もあったが、俺には関係ないからスルーした。

歩き回っているとノクスが手を握ってきた。迷子にならないのになあと思ったが嬉しかったので、繋いだままにした。微笑ましげな視線をもらったのは仕方ない。

七歳児だからね！

裁縫店と中で繋がっているようで、奥に向かったらリボンやレース、飾りボタンなどが籠に入れられて陳列されていた。刺繍糸や布の見本もある。

前世では刺繍などやらなかったが、マナーの先生と母がやれ、と圧をかけてくるのでやるうちに刺繍だけでなく手芸全般が趣味になった。できあがった作品はノクスに時々プレゼントしている。

「いつももらっているから、なにか贈らせて」

ノクスがそう言ってくれた。じゃあ、と遠慮なく糸をいろいろとリボンを買ってもらった。

そして毛糸と編み棒があった。この世界でも編み物があるんだ。白と銀色と黒、緑と水色の毛糸を買った。編み棒もね。今から編めば冬場に間に合うだろう。

メイドさんが屋敷に届けてもらうよう手配してくれた。

初めてのお買い物はすっごく楽しかった。

次はどこに行くんだろう？

買い物を終えて馬車に乗り込むと馬車がゆっくりと走り出した。初めてのお買い物にうきうきして帰るのも楽しみになった。

「次は俺の伝手で行く場所だからノクス坊っちゃんはともかく、セイアッド坊っちゃんはつまらないかもしれねえな」

そんなことを剣聖先生が言ったので非常に気になった。

しばらくすると馬車の外から喧騒が聞こえてきた。

「金属音?」

「よくわかったなあ、セイアッド坊っちゃん」

大小さまざまに四方八方から音が聞こえ、今度は空気が変わった。煤の匂いと金属の匂い。雑貨屋さんのあった場所より、埃臭い空気が馬車の中に入り込んできた。

馬車が停まる。

「さて、気に入るものがあるかな」

先に降りた剣聖先生のあとに続くとお店の扉が開いていた。そこは先ほどの店より雑多な感じだったが、とても丁寧に商品を扱ってるのがわかった。

「鍛冶工房?」

「おお、難しい言葉を知ってるなあ。その通り鍛冶工房というか、鍛冶屋だよ。商人に卸しちゃいるがな。この工房でも売ってるが、基本は注文だ。武器は体に合わないと真価を発揮しないからな。ま、一般兵士や見習い騎士はそうもいかないがね」

どうぞ、と中へ誘われて、初めての鍛冶屋に入る。奥から槌《つち》を使う音が聞こえた。飾られているのは見本? 台座の布の色やグレードが違う。これって、職人が違うのかな。さまざまな武器が丁寧に飾られている。

その中でも特別なのか、正面にある硝子のショーケースに入った柄に魔石が埋め込まれている剣から魔力を感じる。刀身も輝いていてきらきらが纏わりついている。

「坊っちゃん、気に入ったかね」

「うん！　すっごいきらきらしてて……え、ドワーフ？」

後ろから声をかけられて振り向くとがっしりした体型で顎髭が長く、やや平均より背の低い見知らぬ人がいた。なんというか、ファンタジー映画で見た、ドワーフにそっくり。

「ガハハハッ……きらきらか。そりゃあ、嬉しいなあ。そうだ。わしはドワーフ族だ」

ノクスが側に寄ってきて俺の手を握る。ドワーフが怖いのだろうか？

「このドワーフのおっさんがこのゲルラック工房の工房主だ。凄腕でなかなか打ってもらえないので有名なんだ」

剣聖先生が紹介してくれた。

「客を選ばせてもらってるからな。気に入っている客なら順番が繰り上がるぞ」

「このおっさんは魔物素材と、希少金属の扱いに長けているからな。魔物素材を持ち込むと若干安くしてくれるぞ。その剣はミスリルを使っていて魔石に付与魔法がかかっている。魔剣だな」

「ええ⁉　魔剣？　すっごーい！」

思わずガン見する。じゃあ、やっぱりきらきらは魔力だ。

「魔剣……」

ノクスもごくりと喉を鳴らして剣を見つめた。

「すごいけど、僕が扱えるものじゃないから将来に期待かなあ……」

まだ素振りから脱してないのに剣を買うとか無理。

「ほう、見所があるな」

「だろう。絶対おっさんが気に入ると思ったよ」

にやにやして、剣聖先生とゲルラックさん？　と話している。

「よっし、お前ら、師匠の俺からプレゼントだ。まあ、スポンサーは公爵と伯爵だがな。ほれ手を出せ」

「あ！」

「え？」

言われて手を出したら剣が置かれた。装飾があり、柄の中心にブラックダイヤが嵌《はま》っている。すっとまっすぐな刀身を覆う鞘にも同じ意匠が施されている。浮き彫りになっている部分は地金の色、へこんでいる部分は黒く塗ってある。

ノクスのも同じデザインで石がイエローダイヤだ。地金の色は同じだがへこんでいる部分はいぶし銀のような鈍い光沢の銀色だった。

「これって、短剣？」

剣聖先生は自分を師匠と言った。俺たち弟子入りしたの？　いつの間に？

「そうだ。護身用にな。お前たちはまだ小さいから刃渡りは一般的なダガーより短い。だが、軽くて取り回しがきくから、鞘から抜かなくても剣を止められる。先日のようにいきなり襲い掛かるやつ相手に身を守れればいい。ほんの少しでも時間を稼げたら騎士が助けに動ける。だから、いざっていうときだけ抜くんだぞ？」

「はい！　師匠！」

俺とノクスの声が重なった。

「お？　先生じゃないのか？」

にやにやとした表情が憎めない。

「師匠からって言ったから、ねー」

「うん」

ノクスと俺はお互いの顔を見て笑った。

そのあといろいろな剣の解説をしてもらい、槍や弓、アックスなども見せてもらった。

弓もいいなー。魔弓なんてかっこいい。

魔法の矢をつがえて放つんだ。そんなことを話したらゲルラックさん（でいいみたいだった）の目がぎらついた。なんでだろう？

何気にノクスが興奮していた。矢継ぎ早に質問してゲルラックさんが軽く引いている。ノクスって剣が好きだよなあ。剣帯を一緒にもらい、腰に身に着けた。

馬車に戻った俺たちはその剣をついちらちらと見てしまう。

男の子だからね！　一緒に乗っているメイドさんも温かい目で見てくれた。

次に馬車が停まった場所はお食事処！　王都のご飯！

レストランの個室に連れていかれて護衛の騎士さんは別室で、メイドさんは給仕を交代でして食事するんだって。一応このレストランは王都では有名なんだって。

「俺はロアール伯爵家の食事のほうが美味いと思うけどな。このレベルがほかの貴族の高水準な食事の味だとわかるのもいいんじゃねえか」

俺的にはレストランじゃなく屋台の串焼きが食べたかったんだけど、いいとこの坊ちゃんだから無理だよなあ。

日本のゲームだからか、カトラリーを使うし、トイレもちゃんと水洗。多分上下水道もあるんじゃないかな。お風呂も浴槽があって、日本人の風呂のイメージに近い。シャンプーも石鹸もいい匂いがする。馬車は居住性が増した最新のもので乗り心地もいい。

俺が見た限りではクリーンの魔法があるから、街中は綺麗で匂いもない。平民やスラムは多分違うんだろう。近づくことはできないから想像でしかないけれど。

魔法があるから中途半端に発展してしまった、中世から近代の間って気がする。元日本人の俺はほっとした。

手づかみで食べるとか、野菜がないとか、衛生観念が死んでるとか。そこで暮らすのは無理。科学の代わりに魔法や魔術が発達した世界のようで、でもそれは貴族占有。魔道具も高い。アンバランスだと思う。

乙女ゲームのテキストは攻略対象の好感度を表す仕草や選択肢ばかりで、書かれていないそのほか大勢の生活の細かいところなどはわからない。人それぞれに自分が主人公のドラマがあるなど、キャラクターの数値しか見えないので知らなかった。

俺はこの世界で生まれて物心ついたころからの記憶がちゃんとある。貴族らしくなく子供を可愛がる家に生まれ、農業や領民を大切にして、俺が我儘を言ってもなんとかできる範囲で叶えてくれる両親のことなんか、一言も描いてくれてなかったよ。

ノクスだって、テキストで表された過去と実際に生きている今のノクスとは全然違うんだ。だから、ノクスが魔王になったとしても俺はノクスを信じる。

でもそうならないように、ノクスの支えになりたいし、力になりたい。

そっと手を伸ばしてノクスの手に己の手を重ねる。

そうすると、ノクスがぎゅっと手を握ってくれた。

「セイ、嫌いなものでもあった？」

「ええ？　ええと……」

「どうせピーマンかニンジンだろ。あ、玉ねぎか？」

「違うよ！　デザートはあるのかなって考えてただけ！　嫌いなのはセロリ！　あっ……」

剣聖先生改め師匠がにやにやとしてる。

「残したら、今度の鍛錬素振り五十回追加するぞ～」

うう、藪蛇だった。

こっそりとノクスが『僕の皿に弾いていいから』と言ってくれたが、移そうとすると威圧が飛んできたので諦めた。ちゃんと完食したよ！

レストランの食事は前世でいう略式コース料理で前菜、メイン、スープ、パンってメニューだった。メインは鶏肉のソテー。ハーブが何種類か使ってあって、少し辛かった。もう少し味が薄いほうがよかったな。

「悪くなかったが、やっぱり屋敷の料理長の飯が一番美味いな」

師匠がしたり顔で言う。

うちの料理は前世の料理をいっぱいお願いして再現してもらったから、ほかと違うんだよね。もちろん料理長は褒めると泣いて喜ぶと思う。なにか作ってほしいものはありますか、と強引に聞いてくるときがたまにうざいけど、研究熱心で創意工夫がすごいから前世で食べた物より十倍は美味しくなって出てくるんだよね。料理長天才！

帰り際に甘い菓子を買って帰ることになったんだけど、チョコはどこにもなかった。薬扱いかな？　元は苦いもんね。それにどちらかと言えばこの国はヨーロッパの気候に近いから他国にあるかもね。外国の商人がやっている店舗にあるかもしれないな。

帰りの馬車の中では二人で爆睡。

料理長にお土産を渡して美味しいご飯ありがとう！　と伝えたら、デザートが付いた。イチゴのコンポート生クリーム添えだった！　美味しかった〜。ソルベもいいよねって言ったら詳しく、と言い寄られた。冷凍庫ないから難しいかな。母に凍らせてもらうとか。

とにかく料理長のやる気がすごい。

うちに仕えてくれる人たちは皆優秀でやる気のある人が多くてすごい。父の人徳かなあ。

「多分それは違うと思う」

「ん？」

ノクスが急にぽつりと言ったから首を傾げたら、なんとなく言わないといけない気がしたんだって。変なの。

夕ご飯がとっても美味しくてお腹いっぱいになったあと、すごく眠たくなって早々に寝ちゃった。

次の日、師匠はどこかに出かけ、家庭教師さんたちがやる気だったんだけど、午後になるとノクスの体調がよくなかったので、お休みさせてもらった。

「疲れちゃったんだね」

そっと、額に手を伸ばすと少し熱い。

「みたい。興奮してたのかな」

魔力制御を教わる許可はまだとれていない。今は申請中の段階だ。それでもいざというときは使っていいと空の魔石を持たされている。

「どうしようもなく苦しくなったらまた魔石に魔力を注ごう。大丈夫。大きくなって魔法教わったら、問題なくなるよ」

ノクスはうん、と頷くとすうっと眠りに落ちていった。

ノクスの魔力はどんどん大きくなっている。成長に合わせて魔力量も増えているんじゃないかな。

俺の魔力でさえ、初めて魔力を動かしたときの倍以上になっていると思う。

学院長は俺も魔力が大きいと言っていたけど、俺はノクスのように熱が出ることはない。

もしかして前世の記憶が関係あるのだろうか。それとも俺の加護のせいなんだろうか。

父の書斎で貸りた本には魔法は加護と密接に結びついていて、まず十歳の加護の儀で判明した属性によって学ぶ魔法が決まると子供にわかるように書かれていた。

あくまでも十歳からなんだよな～。教会による儀式を非常に大切にしてるみたい。

確かに、父の加護の魔法を視るとすごいなあって思う。加護のすごさをあのとき見た。

でも魔法を使わなくていいからノクスの魔力をなんとかしてほしい。魔力は魔法に必要だけど、魔力に魔法は必要ないじゃん。

おかしいの。

ノクスの眠るベッドの側で、編み物をしながら看病してその日は終わった。

翌日、ノクスの熱が下がったのでほっとした。無理は厳禁、庭を散歩するだけになった。

天気がよくていい気持ち。綺麗な蝶が飛んでたので、思わずつられて目で追いかけたらこけて倒れそうになった。

「危ない！」

ノクスが繋いだ手を引き寄せて抱きとめる形で支えてくれた。

「あ、ありがとう」

ノクスが黙ってぎゅっと俺を抱きしめた。

俺はどうしたんだろうと思ったけど、ノクスの背に手を回した。

「ノーちゃん？」

「……気を付けて」

俺を離したノクスはにこっと笑って手を握り直した。

「うん。気を付けるよ」

体幹をもっと鍛えて、バランス感覚も養わなきゃ。俺がぐっと拳を握ったのを見て、ノクスはくすっと笑った。庭をぐるっと回って花の名前を教え合う。

ノクスの俺を見る目がちょっと変わってきたのは、もしかしたらこのころだったのかもしれない。

◇◆◇　◇◆◇

「この間は悪かった」

むすっとした顔で横を向いて謝罪を述べる第二王子殿下。

それ、謝ってるように見えないからね！

「いいえ、こちらこそ」なんて言わないから。ほんとは一生関わりたくないくらいなのに。

まさか、これが側近候補になるフラグとか強制力とかやめて。

俺、平凡にスローライフしたいんだから！

そしてなぜだか、ノクスの警戒度ＭＡＸ。俺を背に隠して殿下を睨んでいる。

初対面から印象最悪だったからな〜。

ちなみに、護衛同士は名刺交換をしそうなくらい和やかで、お互いお守は大変ですね〜くらい陰で言ってそうだ。

まあ、それは同意しないでもない。子供のお守は大変だから。

七歳児は小学生だ。全然落ち着きないよ。変な動作しちゃうよ。奇声上げるよ。

まあ、しないけど。そんなことしたらマナーの先生が怒り狂う。怖い。

俺とノクスは顔を見合わせて、師匠の顔をじっと見た。

師匠は居心地悪そうに頬を指でかいた。

沈黙が流れる。

「あー。坊っちゃん方。今日から第二王子殿下が訓練に加わります。同じメニューをこなすことに同意されまして。内容に口を出さない、暴言は吐かない、身分差をひけらかさない、と誓いを立ててもらいました。あと、口調はいつもと同じでいいと言質とったんで、とりあえず参加させてやってくれねえかな？」

ゴホン、と咳払いして俺たちを見る。一応王族に敬意を払っているようだけど、全然払ってないから師匠！


「はあ、はあ……」

大汗をかいて、俺たちの後ろをほぼ徒歩でついてくる殿下。

「いやー、面白い訓練メニューですね。殿下はついていけてないみたいだけど」

「だろう。子供に合ったメニューにしてあるんだ」

「すごいですね。適度な負荷をかけて体を傷めないようにしてるんじゃないですか」

「ふふん。最初に脅されちまってな。子供に無茶しないでねってな」

「そういや、昔、すっごい鬼訓練を課された部隊が……」

大人たちは談笑してた。

ちゃんと見てあげて！　殿下のライフはもうゼロだから。

あ、こけた。

「ししょー！　みず〜！」

足は止めないで呼んであげた。だって話に夢中なんだよね。俺たちが走り終わるまで暇なのはわかるけどさー。

「ああ、すまんすまん。ほれ、これ飲ませてしばらく休ませてやれ」

お付きの騎士さんに例のドリンクを持たせて殿下に向かわせた。

殿下なりに頑張ったみたいだけどね。服装もちょっと通気がよくない感じの厚い布地だし、暑いんじゃないかなー。

「終わったー」

俺とノクスはノルマの距離を走り終わった。急に止まらずゆっくり歩いてクールダウン。

「ようし、次は筋力トレーニング。そのあと素振りだ。終わったらいつもの騎士と野盗やるか。人数いるから面白そうだぜ」

いわゆるドロケイである。俺が広めた。ガチでやると集団戦の稽古になるって、時々騎士団でもやっているみたい。

「時間制限は十分くらいでいいか」

そう師匠が呟き俺たちが素振りまでのメニューをこなしている間に、殿下と護衛騎士さんたちにルールの説明をしに行った。

「殿下、顔色悪いけど……」

「鍛えてないのかもしれないね」

「え、剣術くらい教わってるんじゃないのかなあ……」

「そんなに長い時間はしてないかもしれないね。いろいろ覚えることが多そうだから」

筋力トレーニングを終えてストレッチをしてから、今度は素振り。少しずつ剣の重さを重くしている。

「王族って大変なのかな。じゃあ、ノーちゃんのうちの公爵家もホントはもっと大変？」

首を傾げる俺に、顔を向けてノクスは首を横に振る。

「セイのおうちはすごくいいおうちだと思う」

「えへへ。そうかなあ」

「僕、セイと一緒に過ごせてとっても楽しい」

いきなりの全開の笑顔にドキッとした。

「ぼ、僕も……」

やだなあ。顔が熱い。きっと俺、赤くなっている。

最推しが、尊すぎる。心臓がきゅっとするくらい。

騎士と野盗は攻（野盗）守（騎士）を変え、三回行った。

チーム分けはシャッフルするといらない軋轢《あつれき》を生みそうだったので、殿下チーム、俺たちチームで人数を合わせて分けた。

司令塔は殿下と、ノクス。

フィールドは今使っている鍛錬場内。

身を隠せる障害物を置いて、牢屋を作り、殿下チーム先攻でスタート。

一回戦目は騎士勝利、二回戦目は野盗勝利、三回戦目は騎士勝利の結果に終わった。

「なんでだ？　なんで一度も勝てないんだ？」

地団駄踏んで憤る殿下。

そうは言ってもなあ。

「慣れてるから、かなあ？」

ぼそっと言うとぎろりと睨まれた。

殿下の指示は戦術もなにもなくてあっち行っただの、こっちから来ただの、状況説明ばかりだった。結局、敵側の動きに翻弄され、なにもできずに終わっていた。

ノクスの指示は声を出さず、ハンドサイン。最初にある程度の動きを決め、それに従って基本は動いた。隙をつくのが上手く、牢屋に捕らえられてもすぐ救出できた。騎士側でも取り返しに来る野盗側を待ち構えて捕らえてしまった。

同じ指示でも全然質が違う。

でも、それって仕方がない。殿下はこのゲームが初めてだし、そもそも戦術や戦略なんて教わっていないだろう。

実はこの遊び、工夫しないと勝てないし、個々人の能力をお互い把握してないといけない。あの人は足速いとか遅いとか。チームワークも必要。ノリが悪く指示に従ってもらえない味方がいたらかなりのハンデになる。

足の速い人が何人も偏るともうワンサイドゲームになる。そこを上手くチーム分けしないといけない。実はチーム分けからすでに勝負は始まっている。

殿下は最初に、このゲームをよく知っている参謀を自分の側に引き込まなきゃいけなかった。相手の土俵で戦ってはいけなかった。そこが負けに繋がった。情報戦に負けたのだ。

地団太踏んでた殿下は次第に体から力が抜け、棒立ちになった。

「なんでだ。上手くいかない。悔しい……どうして、どうして、仲よくしてくれないんだ。僕、僕はいつも一人で……うわあああああん」

え、泣いた⁉

わんわんと、立ったまま大泣きしている。

そう言えば殿下も七歳だった。そりゃ泣くわ。スーパーでお菓子買ってって泣きわめく年齢だ。

あっけにとられて誰も動けなかった。殿下の護衛騎士さんたちはバツが悪そうな顔して小突き合うだけ。師匠はにやにやしているし、ノクスはそもそも動く気がなさそうだ。

あーもー。

ジャージのポケットに入れてたタオルを殿下に差し出す。顔に押し付けてタオルを殿下が手にしたところで離した。

「はい、あんまり強く擦らないでね。傷になるから。別に仲よくしないなんて言ってないし。あれは勝負事だったんだから、慣れてるこっちが有利なのは当然だよ？　なんで負けたのか、護衛の騎士さんとようく話し合ってね。じゃあ、お腹空いたから帰る」

とっとと帰ったほうがいい。泣き顔を晒したなんて、あとで絶対恥ずかしくなる。それじゃ殿下もカッコつかないだろう。

「師匠、帰ろー。お腹すいたー」

「おう。もうそんな時間だな！　今日はハンバーグにしてくれないかな」

「どうだろう。僕は唐揚げがいい」

「僕、ピザかな」

そして俺たちは殿下を置き去りにした。

「ハンバーグ？　唐揚げ？　ピザ？」

泣き止んだ殿下が戸惑った声で呟いたのが遠く聞こえた。

屋敷に帰って先にご飯を済ませたところに父が帰ってきた。ちなみに夕食はハンバーグだった。

俺を見るなり父は自分の髪をかき乱した。

「セイ、お前、またなにかやったのか⁉　第二王子殿下がうちのご飯食べたいって……明日、殿下を夕食にご招待することになったよ……まさか、ノクス君だけじゃなく殿下？　殿下も？」

またってなんですか、父！

翌日、タオルがめちゃめちゃ綺麗にクリーニングされて帰ってきた。まるで某ホテル並みのクオリティ。さすが王族。

『か、貸し借りはなしだ』って視線を逸らして目元染めてるって、ツンデレ？

そういや攻略対象者は入学前の段階でいろいろと悩み事を抱えていたんだった。

まあ、人間誰でも大なり小なり悩みはあるよ。それが本人にとって人格の根幹を揺るがすようなものであるか、些細な問題であるかは本人にしかわからないと思う。

最初は見栄のために、剣聖に稽古をつけてもらっている事実だけ、殿下は欲しいのかと思ったけど、本気で指導を受けたかったのかもしれない。文句を言わずに走ってはいたし。

一緒に鍛錬をしたときに感じたのは、「負けず嫌い」「承認欲求が強い」「根は素直」だった。彼の周りにいる騎士さんたちはニュートラルな考えらしく、ちゃんと殿下に対して理を説いているから、諌める人がいないわけじゃない。傲慢な態度は子供の虚勢だったのか、それともそういう風に王族の間違ったマウントの取り方を唆す者が身近にいるのか、どっちなんだろう。

俺としてはいずれ現れる主人公と仲よくするでもしないでも、ノクスに突っかかってこなければとりあえずは放っておきたいんだけど……

ノクスだって俺と会う前は人の視線を気にしていた。今もたまに知らない人から不躾な視線が注がれる。

でも今はそれほど気にしていないようだ。ノクスは朗らかに笑うようになった。

訂正、目が据わった表情もできる子供に育っているみたい。殿下を見る表情はちょっと怖い。どうも第二王子殿下が好きじゃないらしい。

こういうのって相性もあるから仕方ない。

隣からため息が聞こえてそっちを見る。

「セイだから、仕方ないね」

ノクスからそんな言葉をもらって俺は首を傾げた。

「なにが仕方ないの？」

聞くとノクスはふっと笑って俺が持っていた殿下から返されたタオルを奪った。

「これは殿下が使った事実があるので家宝扱いにしよう。セイはもう使わないでおこうね」

そう言うとノクスのお付きのメイドさんに渡した。

まあ、タオルはいっぱい在庫があるからいいけど。

父が殿下とお付きの人たちを案内している。

料理長は夕べから大忙しだ。そんな料理長にちょっと入れ知恵した。料理長は喜んでくれたのでよかったはず。

帰り際に俺たちが話してた食べ物の名前に興味を持ったらしい。王宮にいた俺の父に話がいって、今日招待することになったんだって。

確かハンバーグと唐揚げとピザ。見事にまとまりがない。どうするんだろう。普通に料理長の本気を見せてもいいと思うんだけど……

とにかく、殿下をもてなす晩餐の始まりだ。普通は食前酒が出るけど、そこはお子様が主賓なので果汁を炭酸水で割ったものを出した。この世界もガス入りの自然水があるので、天然の炭酸水を使っている。どちらかと言えばロアール領は軟水、王都は硬水の水源になる。

水の味が違うと料理の味も違うから、料理長は場所によって味付けを変えているみたい。

殿下はジュースが気に入ったようでグイグイ飲んでた。

炭酸だからあんまり飲むとお腹膨らむんだけど大丈夫かな。

一皿目、前菜は彩り鮮やかな野菜のアスピック。

少し青みがかった透明な硝子の丸い皿の縁に沿って、旬の野菜がカラフルに並べられた。その内側にバジルソースが散らされ、中央に円形に固められたゼリー寄せが上品に佇んでいる。ゼリー寄せは鶏の煮汁だった。透明だから、中に閉じ込めた可愛いサイズの野菜の断面が美しく配列されているのが見えて、崩すのがもったいない。でも食べる。

野菜のえぐみもなくて旨味だけが感じられて美味しい！

さすが料理長!!

殿下はお野菜が苦手なのか、しばらくお皿とにらめっこしてたけど（ちゃんと毒見されてから出されてた）意を決したように口に入れた。そのあと目を見開いて美味しそうに食べていた。

前世で中世の貴族の食事事情を調べたことがあったけど、食品ロスどころじゃなかったみたいだよ。あと野菜はある事情でほとんど食べずに肉食生活だったみたい。だから贅沢病《ぜいたくびょう》は昔からあったっぽいね。狩猟民族だから肉が中心と思っていたけどそうじゃないらしい。

もちろん、この世界の貴族はちゃんと野菜も食べるよ。

二皿目は美しい緑のそら豆のポタージュスープ。

うちの特産品だ。あっさりと仕上げてそら豆の青臭さもない、食欲を増すスープ。量は控えめなのも心遣いを感じる。

パンが出て口直し。今回はミニピザ！　通常の四分の一くらいの大きさで、何種類かのチーズがとろりと載っている。蜂蜜が添えられ、好みでかけてもいい。

それと一緒にレタスに小さい唐揚げをトッピングしたバルサミコドレッシングのサラダ。

基本口直しの品だからどれも味付けはさっぱりと仕上げられている。バルサミコ酢を使ったドレッシングの絶妙な酸味が唐揚げの脂っこさをなくしている。レタスもみずみずしい。

はっ、これでピザと唐揚げはクリア！

次がメインの皿。

煮込みシチューハンバーグだった。ごろりとした温野菜も美味しい。ブラウンソースが絶品だ。

いつの間にかバゲットの薄切りがこっそりと置かれ、それで掬《すく》って食べちゃった。

ハンバーグもクリア！　さすが料理長！

お腹いっぱいだけど、最後の皿、デザート。

プリン・ア・ラ・モード。

実はずっと研究してた甜菜《てんさい》もどきなんだけど、品種改良して糖度を高くするのに成功したんだ。なんとビートグラニュー糖の精製に成功したんだよ。俺の曖昧な精製方法の記憶でよくたどり着いたなあ。

今回はそのグラニュー糖を使って卵と牛乳でプリンを作り、旬のフルーツと生クリームでデコレーション。白い器に盛られたそれは見た目も華やかだ。

このプリン、俺以外は全員が初めて食べる。俺は試作を手伝ったからね。もちろん口だけ出したんだけど。

酸味のある果物も添えたからメインの重さも飛んですっきり。プリンに使った砂糖の量は控えめで、カラメルが苦さを演出して甘すぎず、かといって甘みが足りないわけじゃない、絶妙のさじ加減。もちろん硬いプリンだよ！

グッジョブ、料理長!!

「なんだこれは……これがデザート？」

殿下はプリンを初めて見て食べられるのか、戸惑っていた。周りを見て口に運び、また驚きの表情を浮かべた。

「セイ、また……美味しいけど！　美味しいけど！」

父、なんで俺の名前を言うの？　作ったのは料理長！　料理長がいつの間にか扉前にいてうんうんと頷いていた。

挨拶に来たんだね。とっても美味しかったよ！

「すっごく、美味しい……」

ノクスが呟く。

最推しのうっとり顔を見られて二度美味しい。

料理長の本気を見た！　あ、王宮にスカウトされたらどうしよう。絶対阻止しなきゃ！

食事が終わって挨拶に来た料理長（マゲイロスさんって名前だった！）を褒め称えたあと、談話室に移動した。師匠と殿下のお付きの人たちは楽しそうに話をしている。父はちょっとぐったりしていた。

子供同士で仲よくしなさい、と言わんばかりにひとつのテーブルに案内される。俺がお誕生席で左にノクス、右に殿下が座った。メイドさんが三人の前に蜂蜜入りのホットミルクを置いていった。

「熱いから気を付けてねー」

俺は真っ先にミルクに手を伸ばした。ノクスと殿下も手に取った。

「蜂蜜は確か、養蜂に成功したって言ってたよ。美味しいよ？」

そう、この世界の蜂蜜は魔物のキラービーが巣にため込んだ蜜を冒険者が採ってくる方法しかなかった。冒険者も下手を打てば巣を壊してしまうから、蜂が怒って大変なことになる。魔物じゃない蜂がいないみたいなので魔物だったらテイムできないかと思ったんだよね。

それでテイマーを探して頑張ってもらった。なんとかなって量産に移る段階だ。甘味は重要だからねー。

メープルシロップは公爵領で採れそうなので共同研究中。

「ようほう？」

殿下が首を傾げた。

「セイ、そういう話は伯爵から言うべきなんじゃないかな？」

メって言う、ノクス可愛い。

「はーい。殿下、わからなかったらうちの父様に聞いてほしいな」

「わかった。そ、その、仲よくしないわけじゃないと言ってくれたな。仲よくしてくれる、と思っていいのか？」

「え、そんなのわかんない」

「えっ」

物凄くショックを受けた顔をしているけど、仲よくしないわけじゃないと仲よくするのは一緒じゃないよ。

「僕、殿下のことなにも知らないし。殿下も僕のこと知らないでしょ。とりあえず、一緒に鍛錬やるんだからこれから次第だね。僕、現在、殿下への好感度マイナスだもん」

「ぶふっ」

ノクス、ミルク噴かないでよ。

「え、ええ？」

絶望的な顔をしている殿下だが、それは仕方ない。

「僕、ノーちゃんと仲いいからノーちゃんと仲よくできない人とは仲よくできない。ノーちゃんファーストだからそれでもいいなら、マイナスをプラスに変えるよう頑張ってねー」

にこっと笑うと、ぐっと詰まってぎこちなく殿下は頷いた。

「ノーちゃんファースト？　僕ファースト？　え？」

ノクスがぶつぶつ言ってる。

「ノーちゃんが一番だよってこと」

「セイ……」

ノクスが感動したって顔で俺を見た。

あ、これ……

「節度」

父、急に俺の椅子引かないでくれませんかね。ミルク零れる。

師匠が大爆笑したけど、殴っていいかな。

料理長には父から金一封が出て、更に王宮の料理人へレシピを教える仕事を受けた。

レシピの対価は父が交渉したらしいから俺は知らない。引き抜きの代わりにそうなったのかなーと推測するだけだ。

それから、騎士団の鍛錬場は週に三日ほど使う形に収まり、そのうちの二日は殿下の参加が本決まりになった。護衛騎士もついでに師匠が鍛え、「騎士と野盗」はだんだんと参加人数が増えてメンバーもシャッフルしていったりした。

うちの安全な模造剣は近衛騎士団のお子様たちにも売れているらしい。

「ノクスを潰せ。指揮官がいなければ総崩れになる」

「殿下を孤立させれば、なにもできないから、早く全員捕まえてしまいましょう」

二人は仲いいなー。

「こらこら、サボるな」

「ええ～……だってどっちかに参加したら、なぜかそれで喧嘩になるんだもん。中立で審判やってるの」

「あっ……」

師匠が視線を逸らした。

なんでかなー。ノクスと殿下は全然仲よくなってない気がするんだよな。

まあ、俺はノクスファーストなので別にいいんだけどさ。

「師匠、魔法使えるようになったら、師匠の秘密教えてほしいなー、魔力で身体能力上げる方法」

師匠が俺を獲物を見つけたような顔で見た。

「そういや、魔力が視えるって言ってたな」

「うん。なんとかしたいけど、子供じゃできること少ないよね」

俺はノクスのきらきらしている魔力を目を眇《すが》めて視る。

師匠が俺の髪をぐしゃぐしゃとかき回す。

「なーに言ってるんだ、セイアッド坊っちゃん。坊っちゃんはかなりできるほうだぞ。七歳児にしてはな！」

そうだった。俺は七歳児。大人に頼っていいんだった。

「そうだった。僕はできる子だった！」

ぐっと拳を振り上げる。

ノクスがこっちを見た。よそ見してるとタッチされそうだよ。

あれ？　殿下が騎士さんに肩車されてない？　騎馬戦みたいになってない？

あ、殿下とノクスが取っ組み合いになった。

「そこー！　喧嘩はダメー！」

季節はもう初夏になっていて、殿下は通気性の悪い稽古着から、俺たちの着ているジャージとTシャツ姿で鍛錬に参加するようになった。

最近、殿下は出会ったころの傲慢な彼ではなく、わりと普通のガキ大将が頑張っている感じになり、笑顔が増えている。そんな彼に俺はちょっとほっとした。

側近候補にはなりたくないけどね！

◇◆◇　◇◆◇

とうとう魔法使用許可が下りた！

これは治療の一環だから使った記録を逐一取らないといけない。それを魔法師団の研究所へ提出するのが義務になっている。

そのために魔法を教える教師が一緒にロアール領へついてくるそうだ。すっごい優秀な人だと聞いた。

もうすぐ社交のシーズンが終わるので、領地貴族はそろそろ自領へ戻る時期だ。

父もずっと忙しく飛び回ってたので過労で倒れないかと心配した。

「セイ、ノクス君、明後日に領に戻るよ。なにか、し忘れたことはない？」

「殿下に一応断りは……」

殿下、と言ったとたん父の眉がぴくっと吊り上がった気がした。

「ああ、もちろん、ちゃんと領に戻りますって丁寧に手紙を送ってあるから、心配はいらないよ？」

「そうですね。充分だと思います」

父とノクスがいい笑顔で笑って頷き合っているのはなんだか変な気がした。

「ノーちゃん、体調は大丈夫？」

「大丈夫。今なら取っ組み合いの喧嘩で負ける気はしない」

「ノーちゃん、公爵家の嫡子なんだから喧嘩はしないで権力に訴えようよ」

「セイ、本気か!?」

「いや～、だって使えるものは使わないと……」

「セイのためならいくらでも使うよ？」

「ノーちゃん、僕は伯爵の権力で十分だから。ね？　父様」

「ちっ」

え、ちっ？　ノクスから『ちっ』て聞こえたけど！

驚いて見るとノクスは涼しい顔をしていた。あれー？

「殿下にはお別れの手紙を一応、一応ね。送っておきなさい。事実だけを簡潔にね。変な誤解は生まないような書き方を心掛けなさい」

「はーい」

「ノクス君もね」

「……はい」

そして、土産やなんやらを馬車に詰め、出発の日、なぜだか殿下と近衛の騎士さんたちが見送りに来た。

「来年また」

「来年は来ないと思うよ」

殿下の言葉に速攻で返した。だって、今回は特別なんだもん。

「殿下、十歳の加護の儀には王都へ来る予定です」

父が慌てて言った。殿下が泣きそうになったから。

師匠も殿下に鍛えろよって言って爽やかにお別れ。師匠は公爵家からお給料出てるんだもんね。

「貴様とはもう会わなくてもいいが、とりあえず体調に気を付けろ」

「同感。ロアール領はここよりずっと空気がいいので、殿下に心配されなくても大丈夫だと思う」

ノクスと殿下が手を握り合って別れを惜しんでいる。友情を確かめているはずなのに、握った手に血管浮かんでいる気がするけど、大丈夫かな。

ほんとに仲よくなったよね。

滞在中、お世話になった殿下の護衛騎士さんたちとも別れを惜しんだ。

それが済むと、管理人さんに鍵をお願いして王都の屋敷を出発した。

殿下は手紙を書くって手を振ってくれた。なんかいい子になったみたいだ。あんまり冷たくするのもあれだから、今度会ったときは普通に接しよう。

魔法の教師は門のところで待っているそう。

門に着いて手続きしていると紫の髪を後ろで結んだ、父より少し若いわりとイケメンの男の人が馬車に寄ってきた。

「ロアール伯爵、このたび同行させていただく、ヴィラー・トニトルスと申します。よろしくお願いします」

「こちらこそ。田舎に来てもらうことになってすまないね。次期魔法師団長とも噂される有能な君に来ていただけるなんて光栄だよ」

「とんでもない。それに護衛騎士たちの噂を聞いて楽しみにしてたんです。とても腕のいい料理人を抱えているとか」

「そっちが目的か」

父と笑い合う様子にこの人が魔法の先生なんだとわかった。

「セイ、ノクス君、この方が魔法の先生だ。先生の言うことをよく聞いて学びなさい」

「セイアッド・ロアールです。よ、よろしくお願いします」

「ノクス・ウースィクです。よろしくお願いします」

先生を見たけどきらきらは見えない。あれ？　不自然なほどに見えない。

「セイ君、君は魔力視ができるんだってね。私の魔力は視えないだろう。それはね、ちゃんと制御して抑えているからだよ」

すごい人きた！　魔法師団の副団長をしているそうだけど、魔法師団のお仕事は大丈夫なのだろうか。

「え、視えなくすることもできるの？」

「できるよ。魔力感知のスキルを持っている人に感知されたら、まずい場合もあるでしょ？」

「あるの？」

「まあ、ね」

あ、これ、子供にはちょっとダークな話だな。

「魔力視って皆できるわけじゃないんだね？」

「そうだね。スキルがあとから芽生える人もいるけれど……少ないほうだね」

「先生は視える？」

「視えるね。視える人ほど制御が上手いよ」

「僕は視えません……」

ノクスがぽつりと言った。

「うん。まず、自分の魔力を把握するところから始めよう。大丈夫。君は素晴らしい魔法使いになる才能がある」

「僕は……師匠みたいになりたい……剣の道に魔力は役立ちますか？」

「え、そんなに魔力あるのに？　野蛮な剣士になりたいの？」

「こらあ！　誰が野蛮だ！」

　あ、師匠。地獄耳だな。

　というか、門の前でわちゃわちゃに……。後ろがつかえてるので師匠も一緒に馬車に乗った。

「そーか、そーか。俺みたいになりたいんだな。いい子だ」

　師匠がノクスの頭を乱暴に撫でるからめっちゃ揺さぶられてる。ノクス、首、大丈夫？

「はい！　もっと頑張ります！」

　嬉しそうに言うノクスの目が渦巻きになってない？

「あー、とにかく、魔法の基本はトニトルス卿に手ほどきを受けてほしい。スケジュールはほかの家庭教師と調整してくれ。次の休憩時にでも引き合わせよう」

「わかりました」

　トニ先生は優しそうだけど結構厳しかったりするのかな。

「まずは魔法の基本から学ぼうか。十歳から学ぶことを少しずつ。制御の練習は……そうだな。最初の授業からにしよう」

「はい！」

「はい」

帰りの馬車は賑やかで楽しかった。帰りの旅程でも公爵家に寄って、ノクスはお母さんと弟と家族のひとときを過ごし、先生は父とノクスのお母さんと話をしていたみたい。

公爵家で数日過ごし、いよいよロアール領に入る最大の難関。

魔物の多く出る、領境の山道。

「そうだな。私の魔法を視てもらおうか。そろそろ魔物と接敵する。狼系だな。今回は手を出さないでもらいたい」

「わかったよ。坊っちゃんたちを守ってるさ」

「魔物が来るのか！　停めてくれ！」

馬車を停め、襲撃に備えた。

普段は馬車の中で大人しく守られている俺たちは外に出て、先生によって作られた結界の中に入る。そこで魔物が魔法によって退治される様子を初めて見た。

先生は杖を取り出すと小さく詠唱した。杖が魔力で光る。

両脇の森から森狼が飛び出してきた。それぞれ三匹の群れを作り、襲い掛かってくる。

師匠と騎士さんたちは、いつでも応戦できるように構えていた。

その騎士さんたちと俺たち、馬車を背にしてとんと、杖を地面に突き刺す動作をした。

とたんに光が乱舞した。雷撃だった。

文字通り、狼が雷に打たれた。狼は飛び掛かった姿勢のまま硬直し、地面に崩れ落ちる。

額に焼け焦げた一点の傷。

「素材にできるよう威力を抑えたけど、これくらいはできるようになってほしいかな」

物凄く繊細な針に糸を通すような魔力制御。

「すごい！　トニ先生すごい！」

飛び上がって称賛すると、先生が照れた。

「トニ先生って……」

先生の名前がややこしくて省略したってばれちゃうから、ノクス、突っ込まないで！

危なげなく領境を過ぎ、おうちに戻る道中。ロアール領に入ったとたん空気が変わった。

夏が真夏になった。

「暑い……」

ぐったりと馬車の座席に伸びた俺は、ノクスがくすくす笑っているのに目を開けた。

「屋敷に戻ればクーラーがあるから大丈夫だよ」

「馬車にもつけるとか」

「そんなお金はありません」

「クーラー？」

トニ先生の突っ込みが入った。

「冷たい風が出る箱」

あ、師匠がばらした。いいのか？　あれってうちの領以外でも使ってるんだっけ？

「ああ！　氷魔法適正の魔法師が色めき立った、室温を下げる魔道具！　あるのか？　品薄で手に入らないって聞いたぞ」

ええ？　そうなんだ。師匠とノクスと、父の視線が痛い。

「そりゃあ、開発したのはうちの魔法師たちだからね」

父の解説が入った。

「ロアール領の魔法師たちが？」

「暑いから冷やしたいってアイディアがきっかけかな？　いろいろ研究しているうちにできたから売り出しただけだ」

「そうか、大本なら自分たちの家にあるのは当然か」

父の説明にうんうんと頷くトニ先生の目がぎらついている。

かぶやいろんな野菜類の畑が両脇に広がるロアール領の街道を馬車が通り過ぎる。馬車の紋章に気付くと作業中の領民が手を振ってくれる。御者が手を振り返したり、騎士が振り返して、のんびり進む。

「冬は王都よりあったかいそうだね」

「あの山を境に気候が変わるみたいなんだ。こっちは比較的温暖な気候だね。その代わり夏は暑いけれど。そんな夏を涼しく過ごしたくて開発したんだ」

「それの応用で保存箱で冷蔵庫と冷凍庫と呼ばれていたのがあったな。仕組みが優れていて、そっちも商人中心に売れているそうじゃないか。それもか」

「おかげさまで、魔法師たちが研究費が増えたと大喜びだよ」

「研究所にお邪魔したいね」

「機密がある場所はダメだが魔法師たちには紹介しよう」

「はーい！　僕！　僕も行きたい！　魔道具見たい！」

「セイが行くなら僕も」

「あーわかったわかった。トニトルス卿の言うことをきちんと聞いて、大人しくするなら許そう」

「わーい！　まっどうぐ～」

「セイ、作法」

「あっ」

俺は行儀よく座り直した。

トニ先生は肩を震わせ、師匠は大声で笑い、ノクスはくすくすと笑っていた。

もう！　七歳児なんだからいいじゃん！

◇◆◇　◇◆◇

そんなこんなでやっとおうちに帰ってきた。

連絡したのか、見えてきたおうちの前で皆が待っていた。

「母様、ヴィン！　ただいま！」

やっと帰ってきた！　おうちが一番だね！

母に抱きついて撫でてもらって、美味しいご飯をたらふく食べてベッドイン！

トニ先生はご飯が美味しいと感激していた。今日は早めにゆっくり寝よう。明日からは新しいお勉強が待っている。

「セイ、少しいい？」

「なあに？　ノーちゃん」

「セイにはいろいろいっぱいもらっているのに、僕はなにもあげられてない気がする。いいのかな？」

「んー？　そんなことないよ？　僕だっていっぱいもらってるよ？」

最推しを至近距離に感じられるこの幸せ！　それだけでなく、俺はノクスが大好きだと思う。

「そう、かな？」

「ノーちゃんが元気に笑ってるだけで、僕、幸せだもん！　熱出さなくなって、もっと一緒に思いっきり遊べるようになりたいから！　だからいろいろ頑張る」

「セイ……僕、ちゃんと魔力制御覚えたら元気になれるかな？」

「なれるよ！　大丈夫！　そんですっごいいい男になるんだよ！」

凄絶な色気のある超絶美形に！

「……いい男が、好きなの？」

「んん？　ノーちゃんがいい男になるから、ノーちゃんが好き？」

ノクスじゃないといい男でも魅力半減だと思うし。

「……そう、なの？」

「うん！」

「そっか」

ノーちゃんが一瞬泣き笑いの顔になって、微笑んだ。

「疲れたから寝よ〜？」

「うん。おやすみ」

手を握って向かい合って横になる。

顔が近づいてノクスが額にキスする。これはやっぱり慣れない。顔が赤くなる。

「お、おやすみ？」

ドキドキして寝られないかと思ったけど、五秒後には熟睡したらしい。

朝は暑くて起きた。ノクスはもう起きていて支度が終わっていた。

「早い、ノーちゃん早い！」

「セイがお寝坊なんだよ？」

「ううう！　待っててすぐ着替える！」

顔を盥《たらい》のお水で洗って着替える。最近は一人でできるようになった。ほんとはメイドさんにやってもらうんだけどね。今はいろいろ忙しい。

事務の文官が足りてないみたいだけど、信用できる文官はなかなか雇えないみたい。

だから俺も早く手伝えればいいと思うのに、まだ七歳児だもんなあ。

今日は午前中魔法学の座学。ご飯とお昼寝を挟んで剣の稽古。そのあとまた魔法のお勉強。午後は少し実技をやるんだって。

師匠と騎士さんたちは森の様子を見に行くと言って出かけた。ほかの家庭教師さんはお休み。トニ先生は俺たちの指導がないときは領民の子供で、ノクスと似た症状の子の調査もするらしい。もともと父が魔法師に依頼していたから、調査の母体はすでに確定している。

五歳未満の子たちが中心だ。これで生存率が上がればいいんだけど。五歳の儀じゃなく生誕を祝う儀になったらいいな。

家庭教師会議を経て魔法の授業は最初の制御を覚えるため、しばらくは毎日、座学と実習を二時間ほど行う。制御の訓練が安全に行えるようになったら、毎日ではなくなるそうだ。

貴族学院で教わる内容の下地も作らないといけないらしい。

どんどん勉強することが増えていく。

それでも体力づくりや剣の稽古は必須だ。時間の多寡《たか》はあるけれど、毎日続けていく予定。

あ、うちの先生たちは交代でお休みをとっているからトニ先生もお休みがある。

トニ先生はそのことに感動していた。魔法師団はブラックな職場なのかな。

いつものお勉強部屋で魔法の講義が始まる。

「さて、講義を始める前に魔力とはなにか、を説明しておこう。魔力は体を動かすための力とは違う、もうひとつの力だ。生き物には魔力が必ず宿っていて、生きるために使われる。平民には魔力がないと言う者もいるけれど、生きるために使われる魔力のほかに余剰分がないだけのことなんだ」

トニ先生はいったん言葉を切った。

「現にすぐ枯渇する者もいるが、生活魔法はひとつふたつ必ず習得できる。まったく魔力がないのであれば使えないはずなんだ。魔力は食べ物にも宿っていて、それを取り込むことによって体に蓄えられるし、毎日寝ることで使った魔力を補充する。貴族が魔力が多いのは、魔力を豊富に含むものをたくさん食べているからでもあるんじゃないかな」

魔力は食べ物から吸収してるってことか？

「ん⁇　たくさん食べると魔力が増えるの？」

「そうだね。だけど、人には魔力を貯めておける器があって、その大きさは人によって違うんだ」

「じゃあ、たくさん食べても増える量は限界があるの？」

「そうなんだ。人それぞれ違う。更にその魔力を上手に使える人と使えない人がいるんだ」

「へえ～」

「それから、外に出やすい人とそうでない人もいる」

「魔力があっても外に出ない人は魔法が使えないんですか？」

「そうだね。生活魔法を除いてだが、大抵は魔法を発現できない。また、魔法を使うには魔法を構築するための領域があって、その計算が早い人は魔法を早く行使できるんだ。それと魔法には人によって相性があり、得意な属性が違ったりする。加護によっても得意な魔法が違う」

「だから、魔法を習うのは加護がわかる十歳から、になるんですね」

「そうだ。それに魔力を使う体内器官の成熟がそのくらいで、無理に使うとその魔力器官に損傷が出る場合があることはわかっているんだ。だから子供には魔法は教えない。でもノクス君の場合は、逆に教えないことが魔力器官を損なうのでは、という結論に至った。それが今回の魔法使用許可だ」

「あれ？　じゃあ、僕はダメなの？」

「セイアッド君は魔力を目視できるから興味本位で使ってしまうかもしれないということで許可が出た。現に使っているからね。放っておいて危険な魔法を使うよりはちゃんと教えておこうと決まったんだよ。だからやっていいと言われた以外の魔法を使うのは禁止だよ」

「は～～い」

ちぇ～。

「はいは短く」

「はい！」

「魔法を使うときは魔力だけでなく精神力を使う。心の強さ、と言っていい。心を乱さず、冷静に魔力を練り、属性を載せ、イメージ通りの魔法を行使する。言うのはたやすいが複雑な魔法になれば制御を誤ると死ぬ。周りも巻き込む。制御に必要なのは強い心だ」

「強い、心」

「意志の力、とも言うかな」

「難しい……」

言っていることはわかるけど、実際やるとなれば相当難しい。子供に教えないのは納得だな。火の魔法なんて教えたら、子供はきっと面白がって使う。

使わないという意志の力。これが一番難しい。

「そうだよ。魔力を制御するのはね、難しい。一つひとつ覚えていこう。簡単なことから、ね」

トニ先生は優しい顔で俺たちを見た。

「セイアッド君と一緒に魔石に魔力を流した件は聞いているよ。ノクス君は魔力を流す経験はあるんだ。魔力を感じ取れると思う」

「魔力を流す感じ」

「そうだね。午後はそれを再現してみようか。魔力を感じ取れれば、意志の力で制御が可能になる。さて、これからは座学になる。基本の魔法文字も覚えていこう」

魔法文字！　あの日本語に見えるやつだ。

「魔法文字の意味を覚えるとオリジナルの魔法が作れるようになる。ただ、作るだけでも危ないから検証は慎重にしないといけない。そうはいってもオリジナルの魔法はなかなか作ることができないんだけどね」

そう前置きされて、座学が始まった。

「頭から湯気が出そう」

「うん、難しいね」

休憩で、ぐったりと机に突っ伏す。俺にとっては未知の事柄だからまったくわからなくても仕方ない。前世に魔法は存在しなかったし。

でも微妙にゲームの知識と被っている。多分、かなりの部分で応用できるはずだ。でもスマホの操作の感覚で使えるかと言えばそうじゃない。

「難しい……」

「そんな簡単に理解できると思わないように。そもそも習得を三年前倒ししているからね。ゆっくり覚えなさい」

優雅にメイドさんが淹れた紅茶を飲んでいるトニ先生。

あ、トニ先生って呼ぶのは許してもらえたよ！

「はー……はい！」

あっぶね。はいは短く！

そうして座学を終え、午後の師匠の剣術はノクスが張り切っていた。

どうも魔法より剣が好きなんだよなあ。魔王の素質はどこへ？

師匠が魔物を蹴散らすの、憧れの目で見ていたし。

俺は剣術は人並みの才能しかないみたいで、師匠の肉体言語的な指導で上達ってできるんだろうかってちょっと不安。

ほんと師匠は天才なんだよね。

そして迎えた魔力制御の時間。

「空の魔石を用意した。これで、以前の状態を再現してほしい」

大きめの空の魔石を渡された。

ノクスに握らせて、上からその手を握る。

「ノーちゃん、魔力を流そう」

魔力を視る。今のノクスの魔力は不安定だけど、落ち着いている。

前みたいに俺がノクスの魔力を引っ張るようにして魔石に誘導する。そうするとノクスの魔力は魔石に流れ込む。

そのあとはノクスの魔力は俺が誘導しなくても魔石に流れ込んでいく。

「ノクス君、今体から魔石に流れ込んでいるのが魔力だ。わかるかな？　なにかが手から漏れ出しているだろう？」

「はい」

「それを強く意識するんだ。いいかい。体の中を巡る魔力に意識を向けてごらん」

ノクスのきらきらが強く輝く。ノクスが意識したのだろうか？　きらきらがうねり、空の魔石に向かう奔流になる。

「そう。もう少し抑えよう。細くするんだ。そう、もう少し。いいね。上手くいっている。もうすぐ魔石の魔力が溢れる。細くして止める。できるかい？」

ノクスの魔力が細くなってすうっと止まった。成功だ。

「はあっはあっ」

ノクスは汗びっしょりだ。でもできた。

「よく頑張ったね。ちゃんとできた。これから練習して制御していこう」

「はい」

魔石はノクスの色に染まってとっても綺麗だ。

「トニ先生！　この魔石どうするの？」

「ん？　お屋敷で使ってもらうつもりで……」

「ダメ！　僕欲しい」

「え？」

「ノーちゃんの魔力の籠ったの、ほかの人に触らせたくないの」

「ええ？」

「セ、セイ……」

なんか変なこと言ってるかな？　だって、なんかやなんだもん。

「あー……わかった。この魔石はロアール伯爵に用意してもらったものだから、相談してからだ。許しが出なかったら諦めような」

すごく困ったような、それでいて生温かい目で見られた。

え、なんでそんな目で見るの？　トニ先生！

「この魔石の件はとりあえず置いておいて、セイアッド君もやってみてくれ。一度、君の魔力制御を見ておきたい」

空の魔石を渡された。

「魔力を籠めればいいの？」

「そうだよ。いっぱいになるまでね」

空の魔石にそっと魔力を流し込む。寝る前に体の中の魔力をぐるっと回してから寝ているし、圧縮もしているので死角はない！　はず？

いっぱいになるとそっと流すのをやめて、トニ先生の顔を見る。

あれ？　なんか難しい顔してる。

「トニ先生？」

「あ、いや。セイアッド君の魔力の扱い方は習い始めの十歳の子供たちよりずっと上手だ。ノクス君と一緒に基礎を覚えて練習すれば一流の魔法師と同じくらいの技術水準になると思うよ」

「やったあ！　僕ね、魔法使いになりたいの！」

三十過ぎてむにゃむにゃで死んだから、じゃないよ。

あれ？　俺前世では彼女、いなかったよな。あ、虚しくなってきたから考えるのはやめよう。

「ほう。セイアッド君は魔法師希望か。加護の儀次第だが魔力量も多いし、見込みありと思うぞ」

「セイ、その魔石って初めて魔力を注いだの？」

「そうだよ！　父様からはノーちゃんに使った魔石しかもらってなかったからね！」

「僕、それが欲しいな。うん。僕もセイの魔力でいっぱいになった魔石、ほかの人に渡したくない」

「あー……伯爵の許可次第だな」

なんだか複雑そうな顔してトニ先生は言った。

「次の授業からの魔力制御は魔石を使わない方法で覚えていくから、そのつもりで」

「はい！」

「はい」

次の日の魔力制御の実習は生活魔法の「灯り《ライト》」という魔法を教わった。一定の光量と大きさで維持する。消費魔力はなるべく小さく。それを時間いっぱい練習する。トニ先生からは実習の時間だけ魔法を使うと約束させられた。最初は全然できなかった。

でもあるとき、ふっとこれってラノベによくある「ライト」ってやつじゃない？　手の上に光る灯りの魔法を視てそう思ったら、簡単にできるようになった。

やっぱり魔法はイメージだ！　と内心浮かれてたらトニ先生に制御が乱れていると指摘された。

魔法って心の中が丸見えになるのかな、とそう思った。

魔力制御の練習は日に一時間、トニ先生の監視のもとで練習するようになった。魔力を外に出すのが効果があったのか、ノクスの体の中の魔力が安定してきた。

そして熱を出す回数が目に見えて減り、そのせいか顔色も格段によくなった。

ノクスの体の成長にも影響が出た。ふっと気が付いたら背が伸びていて、目線がまた高くなっている。なんだか悔しい。

魔石は苦虫をかみつぶしたような顔をした父から、成人まで大切に持っていなさいと言われて俺とノクスに宝石箱のような箱に入れられて贈られた。

もちろんずっと大切にする。最推しの魔力が籠った魔石だ。箱には余裕があったから、最初のノクスの魔石を一緒にしまった。

父から一緒に箱を贈られたときのノクスの嬉しそうな顔が浮かんで、胸の奥がきゅっとした。

第五章　魔物の氾濫《スタンピード》と第二、第三の攻略対象者！

「八歳!!」

とりあえず、樽の丘のてっぺんで天を指さして叫ぶ。

叫ばないと皆さんが納得しない気がして叫んだ。

あれ？　皆さんてどの皆さんだろう。

「必ずやるんだね」

くすくす笑っているノクスも一か月前に誕生日を迎えた。

もちろん皆でお祝いしたよ。そのノクスの首元には俺が編んだスヌードが鎮座している。銀と黒のツートンカラー。俺もお揃いで作ったのをしている。長めに作ったので成長しても大丈夫。今は二重巻きにしてる。

ちなみに父とヴィンには緑の毛糸でネックウォーマー（太い毛糸で腹巻みたいな感じに編んだ）。母には水色の毛糸で、ストール（だって、女の人はファッション性が……）。

家庭教師さんたちには前に討伐した狼の毛皮があったので、それを加工してもらってネックウォーマーにした。もこもこな感じに仕上がり、それを見て父は騎士団用に森狼やもこもこの毛皮の魔物を乱獲して作ったらしい。ついでに寒い他領にも売ったとか売らなかったとか？

騎士さんたちは標高の高い場所にも魔物対策なんかで行くそう。夏場でも寒く、かさばらないネックウォーマーはありがたいって好評なのだ。

スヌードとネックウォーマーの違いはなんだと言われるとあれだけど長さかなー。どっちも輪になってるのを呼ぶって、女子に呆れられながら尋ねた気がする。

足にも巻いたらあったかいよねって言ったらレッグウォーマーも作り始めて、それらは領民の農閑期の手仕事にもなったらしい。毛糸のほうのネックウォーマーも編み物得意な人がやることになったたって。

両親に褒められて毛糸や刺繍道具をどっさりもらった。

あれ？　もっと作れってこと？

「にぃたん」

ヴィンはすくすくと大きくなって風邪ひとつ引かない。皆で話しかけてるせいか、言葉を話すのも早かったし、人懐こい。今日は母に連れられてアスレチック広場に来た。首には僕があげたネックウォーマー。

「ヴィン、寒くない？」

「ちゃむいけどへーき」

「うーん、ヴィン可愛いー！」

つい抱きしめて頬ずりをした。キャッキャと笑うヴィンは天使！　でも日に日に父に顔が似てくる。どうやら俺は母に似てるらしい。女顔ってことなのか。

父はかっこいいイケメンだから、父みたいに男らしくなりたかったけど、無理そう。

現に同じように鍛えて同じようなご飯を食べているノクスに、すでに腕周りや胸周り、足の長さ等、圧倒的に負けている。

晩成型なんだと自分で慰めているけど、遺伝子の違いかなと少し諦めかけている。

「ノーたんにぃたま」

ヴィンはノクスにも懐いて、俺がノーちゃんと呼ぶからこの呼び名が確定した。

「ヴィン、遊びに来たの？」

にこにこしたノクスがヴィンの伸ばした手を握る。

「うん！　おしゃんぽ」

母が横で微笑んでいた。

「にぃたまのとこ行くーって聞かないので連れてきたのよ」

母は毛皮のコート（色はモスグリーン）に身を包んできていた。

父は緑色の毛糸を俺に渡すとき、母のものを編むならこの色にしろと厳命した。

母は水色の髪だから色の相性はいいし別に気に留めなかったんだけど。あれ？　なんか意味ある？

考えてもわからないからスルーしよう。俺もノクスに選ぶ色は銀色だったりするけど、似合う色だからだし、うん。

それから皆でストップ鬼《オーガ》（だるまさんが転んだ）をして遊んだ。

動かないのが難しいヴィンはよく鬼に捕まっていた。ちなみにだるまは存在しないのでゴーレム転んだになっている。オーガはいるけどね。怖いし、転ばないと思うんだよ。

十二月も終わりに近づくと雪が積もり、雪だるまを作ったり雪合戦をしたりした。剣術の訓練も打ち合いをするようになった。

師匠の秘密はやっぱり身体強化だった。魔力を使うし、子供が使うには適さない技術だからと仕組みだけ教えてもらった。体がしっかりできあがってから使うようにとのお達しだ。

素の能力がよくないと使ってもたかが知れているし、成長を阻害するかもしれないかららしい。

師匠は生活魔法くらいしか魔法は使えない。でも、剣士としてのスキルはいっぱいあるみたいだ。身体強化は魔法じゃないのって聞いたら、魔力を自分の体の外に出さないのは魔法を行使することにならず、魔力を利用してるだけってことみたい。

だから、技術だし、ただ魔力を使うから少なくとも加護の儀が終わった年齢じゃないと教えることはないんだって。なるほど。

魔力と魔法に関しては加護の儀がひとつの節目なんだなあ。特例で魔法を教わることは、ほんとに特別扱いなんだなって思った。

新年を迎えるいつもの夜更かし。蜂蜜入りのあったかいミルクが部屋に用意されて、いつものように窓際で外の様子を窺う。

屋敷に残っているヴィンと母はもう休んでいる。

屋敷の中はそわそわと浮かれた空気が漂って、残った護衛騎士や使用人たちもいつもより笑顔が多いし、あちこちでおしゃべりが聞こえる。

「十歳になったら街に行ってもいいのかな？」

「大きくなったらってことだから、どうなのかな？」

「そっかー……」

こくりと甘いミルクを飲む。体がホカホカする。

それでも窓際は寒いので、椅子を寄せて二人で毛布にくるまる。それから他愛ないおしゃべりをしていると、鐘の音が響いてきた。

「新年おめでとう」

「新年おめでとう」

ノクスから額にチュッとキスをされる。

顔が熱くなるのは仕方ない。最推しからのキスだから。

じっと笑顔で見つめてくるノクスにそっと頬にキスを返す。

ドキドキしてベッドに転がりたい。いや、内心は転げ回ってるけど！

キスを返したあとのノクスの笑顔は心臓止まりそうなくらい、蕩けそうになるんだ。そりゃあ、母や父からもほっぺにキスはされるけど、最推しからのは別。

キスを返し終わったあとの空気が、なんというか照れる。ちょっといけないことしたみたいな、そわそわする気持ちになる。

「もう、寝ようか。寒くなってきたしね」

ノクスが俺の手を引いて、ベッドに一緒に入った。

お互いの体温が気持ちよくて、冬はくっついて寝る。ふわっと香るノクスの匂いに安心する。

「おやすみなさい」

「おやすみ」

寝る前に繋いだ手は起きても繋がれていて、それがすごく嬉しく感じて不思議な気分だった。

「おはよう」

「うん。おはよう」

朝から最推しの寝ぼけ顔を見て幸せに浸る。

でも多分俺も寝ぼけ顔なんだよなと思うと、ちょっと恥ずかしい。

新年の朝は皆遅い。屋根から雪が落ちる音がして外に目を向ける。

夕べは雪は降っていなかったし、光が入ってきているから晴れているのだろう。新年の五日間はお勉強はなし。先生方もお休み。それでも俺たちは走り込みと体をある程度動かすことは休まない。

そのあとはノクスは本を読みたいと言っていたので、書庫に一緒に行く。

ノクスが本に夢中になっている間に、刺繍と編み物をする。飽きたら本を読んで、読むのに飽きたら手芸。それにも飽きたらノクスの顔を眺める。八歳のノクスは今しか見られないからね。

視線に気付いたのか、本から顔をあげたノクスと視線が合う。きらきらした黒の瞳が俺を映している。なんだか、不思議だ。きっと俺の目にもノクスが映っている。

なにも話さなくても側にいるだけでいい。父や母や弟よりずっと長い時間、俺たちは一緒にいる。

いつまで一緒にいられるのだろうか。十五歳になれば学院に行って、主人公と出会い、ゲームが始まる。

始まったら、どうなるんだろう。

「ノーちゃん。元気になったら、家に帰っちゃう？」

寒い冬になったのに、ノクスは体調を崩していない。

健康的な顔色はもう虚弱とは言えなくなっている。魔力の暴走も多分、そう簡単には起こらなくなるだろう。

「どうかな。僕はセイの側にいたいけど」

なんでかな。ノクスは俺の胸を突きさしてくる。

「僕もノーちゃんと一緒にいたいな。帰っちゃったら寂しいもん」

「うん。僕も寂しいよ」

「まだ、帰らないでね」

「わかったよ。父と母にお願いするから」

「お願いだよ」

「約束する」

それから手をぎゅっとしてもらって、同じ本を読んだ。

ノクスが読んでくれる物語はいわゆる英雄譚でお姫様を勇者が魔王から守って戦う話だった。お姫様は勇者に祈りの力で加護を与え、その加護により、魔王を倒すことができた。めでたしめでたし。

「魔王は悪いことしたのかな」

「お姫様を奪いに来たから悪いんじゃないのかな」

「うーん。そこは三角関係？」

「セイ、難しい言葉を知ってるね」

「このお話ではお姫様は勇者を選んだけど、魔王のことが好きだったら、お姫様のお父さんに許しをもらえば戦う必要なかったなんて思わないかな？」

ぽかんとした顔で僕を見たノクスは、肩を震わせて笑った。

「魔王は悪いってほとんどのお話に書いてあるから、その発想はなかったよ」

「悪役のほうがかっこいいもん」

「セイは勇者より魔王がいいの？」

「え。僕、魔法のほうが得意そうだから、勇者より魔王が向いてるかな？」

勇者は聖剣で戦うからね。

「そういう意味で言ったんじゃないけど。剣が得意だから、僕は勇者に向いてるかな」

「え、ノーちゃんとは戦えないよ。降参する」

「そこは戦わないんだ？」

「第二王子殿下だったらコテンパンにするかも」

ぶっとノクスが噴き出して声を出して笑った。隣の部屋に控えてたメイドさんが来たので謝る。

「相変わらず、セイは第二王子殿下には不敬だね」

「いいの。最初にノーちゃんに不敬を働いたのは殿下だから」

「セイが僕の肩を持ってくれるのは嬉しい」

微笑むノクスの顔に俺は見惚れた。

「言ったでしょ。ノーちゃんファーストだよ」

「うん。僕も、セイファーストだよ」

「ん？」

「セイが一番大切」

ボン、と音がしたかと思うほど顔が熱くなった。

自分で言うのと、人に言われるのは雲泥の差だ。それから迂闊に、ノクスが一番とは言えなくなった。

最推しの尊さは天を突き抜けてると俺は思う。言えないけど。

冬場は雪合戦や悪路訓練が多い、騎士団。今期はなにやらバタバタと忙しそう。森への見回りを頻繁にしている。師匠やトニ先生も俺たちの授業以外は騎士団と一緒に見回りをしているらしい。

「なんかあるのかな」

「かもしれないね」

だんだんと緊張感が増していくのが子供心にもわかった。

勉強や鍛錬、魔法制御訓練は順調で、それ以外の時間は屋敷の中で大人しくしていなさいと言われた。

冬は魔物の活動が少なくなるはずなのに、騎士さんが怪我をして戻ってくることが多くなった。

自慢じゃないけれど、うちの騎士さんは優秀で、剣聖先生が来てからは実力をぐっと伸ばしている。Aランクの魔物だって敵じゃないはずなのだ。魔法師たちもいる。

でも、魔物の出現数は増えて吹雪や積もった雪が機動力を消してしまって対応に苦慮しているようだ。

そんな日々が続いたある日、空をなにかが飛んでいた。

もちろん、鳥が飛んでいるのはよくあるし、普通は気にしない。

だけど、それは大きかった。

ワイバーンだった。爬虫類系かと思っていたけど、冬でも活発に活動するんだな、とぼんやりしていたけど、屋敷内は大騒ぎだった。

俺は、ゲームという感覚が抜けきっていなかったんだと思う。

現実の魔物であるワイバーンは獰猛《どうもう》で、街ひとつ滅ぼせるほどの力を持った厄災クラスの恐ろしい存在だった。空を飛ぶ手段を持たない人間には特にだ。

魔物の森の奥にワイバーンが巣を作っていた。強い魔物を恐れて弱い魔物が追われる魔物の氾濫《スタンピード》の兆候だった。街へ魔物が押し寄せれば、被害は甚大だ。今は冬で逃げるにしても道が悪い。時期は最悪だった。

応援を呼ぶにも公爵家と繋がる道も冬は雪に閉ざされて使えない。ほかの領にしても西隣は男爵領、伯爵領以上の戦力は望めない。東と南は山と森を越えねばならない。

自領の戦力だけで対処する必要があった。

緊急事態のため、俺たち子供も武器を携帯するように言われた。

師匠にもらった短剣をいつも持ってはいるけど、そのほかにノクスはショートソードを、俺は弓を持つことになった。以前、師匠が連れていってくれた鍛冶屋さんが俺にアイディア料だと言って誕生日に贈ってくれたのだ。

矢をつがえなくても放てる魔弓。しかも材料はミスリルで形状変化もする。弓を持つときの手袋も一緒にくれた。これも形状変化付き。

弓の訓練はそんなにしていないけど、トニ先生に魔力を制御して放てば当たると言われて少しずつ魔力の矢の訓練はしていた。でも、実戦で通用するかどうかは別。

ノクスのショートソードもミスリル合金だ。魔力を通しやすいけど、それだけ。

そもそも僕たちに戦力としての期待は誰もしていない。その武器で一瞬の時を稼ぐ。逃げるだけの時間を。

領民は地下に作られている避難場所に入り、しばらく閉じこもることになった。

まず、森に近い村々から避難を順番に行い、食料は備蓄をすべて放出した。食料はすべてが終わってから買えばいい。命は買えない。

騎士団は迎え撃つために残った。父も指揮をするため残る。師匠とトニ先生は騎士団を率いて迫りくる魔物の間引きを繰り返してくれた。

十年ほど前に起こった魔物の氾濫《スタンピード》は森に近い村のほとんどが魔物に呑まれたらしい。遠く、魔物の森に続く山の上にワイバーンの影が舞う。時折、森に降りてなにかを足に掴んで巣に戻っていく。

森に入った騎士たちが、普段見かけない森の奥にいるはずの魔物を入口近くで見かけるようになったとの報告を聞いた。

騎士団は魔の森から領都の間、魔物除けの効果がある木を植えた林の裏に、急遽作った簡易の防護柵を盾にして部隊を待機させ、迫りくる魔物を止めるつもりだ。

避難は進んで残るは領都の住人と領主家族だけになった。

母と弟と俺たちは領民を守りつつ、避難場所に逃げる。領都から少し離れた村に、荷馬車を仕立てて最低限の荷物と子供と老人を乗せて移動している。その村の建物の地下に避難所があるのだ。

領民たちは戦いの場所には邪魔で、戦う者しか残らない。規模によっては犠牲が多く出るかもしれない。

(神様、皆を守って。皆死なないで)

今まで神様に祈ることなんてなかったけど、俺は無力だから神頼みしかできない。

大事な人たちを守りたい。

この世界に生まれて八年しか経っていないけど、出会った皆が宝物だ。

誰も死なせたくないし、幸せになってほしい。

「よし、最後の住民を乗せた馬車が出た。次！　最後だ。子供たちの馬車が出るぞ！」

「父様、無事で」

「あなた、またあとで。子供たちは任せてください」

「頼んだよ。行ってくれ」

そのとき、激しい鐘の音が響いた。

「もう来たのか⁉」

父が近くの騎士に向かって問う。

「魔物の群れではなく、ワイバーンが！」

「なんだと⁉」

遠くの空に大きな影がふたつ、こちらに向かってくるのが見えた。

物凄いスピードで、ここに向かって一直線に飛んでくる。

たちまちに騎士たちの怒号が響く。

「対ワイバーンだ！　魔法師たちは⁉」

「バリスタは⁉」

「用意急げ！　対空戦だ！」

「早く出ろ！」

「馬が怯えて！」

「ちっ。……お前たち、領主館の地下へ行け！　すまないが、ヴィンを抱えていってくれ！」

護衛についてた騎士さんが、ヴィンを抱え上げて先導する。

俺たちは足で避難することになった。門から離れて、いつも父が仕事をする領主館に向かう。

一番頑丈な造りの建物で地下室もある。

逃げる方向の先にワイバーンの影が見えた。それがどんどん大きくなる。

「このまま、突っ込んでこられたらどうなるの？」

「大丈夫よ。父様たちが追い払ってくれるわ」

母が気丈に励ましてくれる。

魔物の氾濫《スタンピード》対策で作られた防護柵の辺りで魔法の光が飛び交った。影がふたつ。ひとつがそこに留まり、もうひとつの影が風切り音を置き去りにして目の前まで迫った。

遠くに見えていたワイバーンが一度俺たちの上を通り過ぎる。翼は十メートルはあった。

風圧で俺たちは皆なぎ倒された。ヴィンの怯えて泣く声が聞こえる。

俺は無意識に弓を握っていた。立ち上がって構え、弦を引き絞る。

矢はつがえない。手をそっと放して、魔力の矢をワイバーンの顎の下を狙って撃った。

「セイ！」

ノクスが剣を抜いて、俺の前に守るように立ち塞がった。

魔力の弓矢はくちばしに当たり、雷のようにワイバーンの体全体を包んだ。

ワイバーンは一瞬怯むが飛行を止めず、今の一撃を不快に思ったのか、俺に視線を向けた。

「セイ!!　障壁！」

母が皆にバリアを張る。

それにワイバーンがぶつかって、空中でホバリングした。

起きる風が俺たちをふらつかせる。

狙いは俺のようだった。爬虫類のような光彩が俺を射る。俺めがけて降りてきた。

「僕が相手だ！」

ノクスが駆け出して剣を振りかぶる。ショートソードでは剣が届く距離は相手の間合いだ。

「ノーちゃん！」

思わず弓を構えて魔力の矢を飛ばす。

矢はワイバーンの羽に当たったが、また一瞬怯んだだけだった。大きな口を開けてノクスを呑み込もうとする。

ノクスはワイバーンめがけて駆ける。止まらない。

（ダメ、ノーちゃんが死んじゃう！　誰か助けて！　神様！）

必死に矢を射る。喉の奥に一撃が当たってワイバーンが怯んだ。

開けていた口が閉じる。

『いいよ。助けてあげる』

涼やかな声が耳を打った。

俺の魔力が金色に光って、ノクスに向かう。

『祈って。祈りを私に捧げるんだ』

（神様！　ノーちゃんに力を！　ワイバーンを倒す力を！　ノーちゃんを守って！　お願い！）

手を組んで祈る。祈ると輝きが増して、ノクスに届いた。

光がノクスを包むと彼は一瞬驚いた顔をしたけれど、止まらずワイバーンの鼻先に突っ込んだ。

ノクスはそのまま自分の背丈より長いくちばしを駆け上がって、光によって刀身の伸びた剣を目に突き刺した。

「ギャアアアアアアアアアアアー！」

首を振って暴れるワイバーンから振り落とされまいと、ノクスは剣を必死に掴んでいる。

騎士がこっちに向かってくるのが目の端に見えた。俺から迸《ほとばし》る光は徐々に輝きを失っていく。

ワイバーンが地上に落ちた。暴れまわって転がる。尾が当たって周りの建物が一瞬で崩れた。

ノクスは剣を離して地上に降りていた。飛び散る建材を避けて、暴れるワイバーンを見据える。

武器を手離してしまったノクスは腰の短剣に手を伸ばした。

「これを使え！」

剣が飛んできてノクスの前に刺さる。ショートソードの倍はある片手剣だ。短剣に伸ばした手をその剣に伸ばす。剣を上段に振りかぶって、ノクスはワイバーンの首を狙った。首の太さはノクスのつま先から首元ほどまである。ワイバーンの視線がノクスに向いた。

（ノーちゃん！　神様！　お願い！　ノーちゃんを護って！）

再び俺から迸《ほとばし》った光がノクスの持つ剣にまとわりつく。

振り下ろした剣の軌跡が輝き、刀身がワイバーンの首ほどに伸びた。

すっと、首に光と刀身が吸い込まれていき、ことり、と首が落ちた。

光が消えて、ノクスが呆然とした顔で俺を見た。

「ノーちゃん！」

「セイ！」

思わず駆け寄って抱きついた。

「よかったよぉ……ノーちゃん、死んじゃうかと思ったぁ……」

「僕だって……セイが死んだらと思って……ほんと、よかった……」

二人で抱き合って大泣きした。ほんとに怖かった。

『よかったね。私の神子《みこ》。夜の君も無事でよかった』

あの声が聞こえた。

『またね』

また!?　神様!?　夜の君!?

でも、涙が止まらなくって大人たちに囲まれて怒られて、散々で。

ワイバーンは番《つがい》だった。防護柵の上を二匹で飛んできたところ、トニ先生と魔法師たちの魔法で一匹が麻痺して落ち、騎士団が剣で縫い留め、師匠に最後は仕留められた。

トニ先生と師匠は慌てて逃したワイバーンを追ってきたけれど、もう斃《たお》されて俺たちがわんわん泣いていたところだったと言っていた。

しばらく様子を見ていたけれど、ほかのワイバーンも出てこないし、魔の森の魔物たちも通常に戻った。魔物の生息域が元に戻るのにはしばらくかかるだろうけど、十年くらいは大丈夫だろうという話だった。

ワイバーンが倒れたのは領主館の前の広場でいつもお祭りをする場所だった。広場近くでは被害を受けた建物もあった。崩れた建物のがれきを簡単に撤去し、防護柵で倒されたワイバーンと一緒に冒険者ギルドの面々や騎士たちが解体祭りを行った。商人がほくほく顔で素材を買い取ってくれたそうだ。

ノクスは異例の若さでドラゴンスレイヤーになった。

この世界ではワイバーンも竜種で、竜種を狩るとドラゴンスレイヤーの称号を得る。

ただ、まだ子供なので成人するまで褒章はもらえない。大騒ぎになるからね。

トニ先生と魔法師団、一部の騎士さんと師匠もドラゴンスレイヤーになった。

こちらはすぐ褒章がもらえるそうだ。よかった。

あのとき聞こえた声の主は多分神様なんだろう。でも【神子《みこ》】とか訳のわかんないこと言ってたし、夜の君って誰だろう。多分ノクスなんだろうけど……

「いろいろ言いたいことはあるけれど、とりあえずノクス君もセイも頑張ったな」

現場では怒られたけど後処理が落ち着いたあと、父は俺たちを褒めて料理長の料理でお祝いしてくれた。

今回の魔物の氾濫《スタンピード》は小規模で実質ワイバーン討伐になったし、領民の犠牲がほとんど出ず、早く収束したおかげで領民の生活もすぐ元に戻った。

ワイバーンの素材を売ったお金で、放出した食料の分は買えたらしく、終わってみれば大金星だった。

「だからって調子に乗って危ない真似をしないように。今回はほんとに運がよかったんだから」

「そうよ。大怪我したり、最悪死んじゃうかもしれなかったのよ。でもよくやってくれたわ」

小言をいただいて、美味しいごちそうをいっぱい食べた。

師匠とトニ先生はほんとに驚いたと言って褒めてくれた。

「お前たちの雄姿が見れなかったのは残念だった」

「ほんとにね」

騒ぎが収まるころにはもうヴィンの誕生日を迎え、すっかり春になった。

図らずも、ノクスが読んでくれた英雄譚のようなことをした俺たちは、あの日以来目撃した騎士さんからもかなり生温かい目で見られている。

領民は全員避難していたから、見たのはほんの一握りの人たちだったけれど。

ノクスも、すっごく優しい目で見てくるから俺は毎日そわそわしてる。

でも、それは表に出さないようにして勉強と鍛錬に勤しんだ。ワイバーンを自力で倒せるようにならないと、領の皆を護れない。

ノクスは俺を庇うからノクスも危ない。俺には武器がある。もっと大量の魔力をぶつければなんとかなるはず。あのときワイバーンは一瞬だけど怯んだんだ。

加護の儀が終わったあとなら、属性魔法も覚えられる。それまで矢の命中率も上げなきゃ。

弓術士の皆さんに教えを乞うことになった。

その時間、ノクスは師匠や剣士の皆さんと鍛錬。

どうしよう。ノクスが師匠みたいなムキムキになったら。

あのとき聞こえた声のことは考えないようにしている。そのうち、わかるかな。

俺のしてた「星宵《ほしよい》」のモブにはそんな設定なかったと思うんだけどなあ。


「ノーたんにぃたまー！」

ヴィンの誕生日には模造剣をプレゼントした。

あの日、魔物に怯えて泣いたヴィンはノクスがワイバーンを倒したところを見た。その姿に憧れて剣術をしたいって駄々をこねるようになったのだ。説得は無理みたいだから危険のない模造剣をあげて、気分だけ浸らせようと決めた。

めっちゃノクスを尊敬してるよ！　師匠じゃないところがいいよね！

「そうそう、こうやってこう振り下ろす」

ノクスが甲斐甲斐しくヴィンの面倒を見ている。最推しと天使のツーショットに鼻血出そう。

それをぼうっと見てると師匠に小突かれ、模擬戦に引きずり込まれた。

もう、俺は弓を極めるつもりなのに！

「ワイバーンに立ち向かえる心の強さは武器だぞ」

そんなことを言って鍛錬メニューを追加された。

俺まだ八歳児なんですけど!!

そしてまた父の王都行きが決まり、俺とノクスもついていくことになった。

ノクスは公爵領で家族に会える。今回は師匠とトニ先生が護衛に付く。トニ先生も王都で仕事をこなすらしい。もちろん料理長もついてきた。

すっかり春になって新緑の眩しい中、公爵領に到着した。

出迎えを受けて客間に通される。

公爵夫人は体調を戻し、元気になっていた。

「ただいま」

「おかえりなさい。成長したわね」

抱きしめられて照れるノクスを見ると、ゲームで語られたトラウマの影は見えない。

メイドさんに連れられてノクスの弟、エクラも一緒にこの場にいる。俺には父が付き添ってくれた。

「エクラ君、覚えてる？　僕、セイアッドだよ。ノクスお兄ちゃんのお友達」

「……ん？」

首を傾げる動作含めて可愛い。色違いのノクスの小型版。

「天使！」

思わず頭をぐりぐりしたら、キャッキャと笑った。

そこにノクスがいつの間にか現れ、エクラ君を抱き上げた。なにかエクラ君の耳元で言うと、よくわからない顔をしつつ、エクラ君が頷く。

「いい子だね。エクラ」

爽やかに笑ったノクスとのツーショット。スマホがあれば永久保存できるのに！

公爵領には三日ほど滞在した。

公爵領の騎士団とうちの騎士団との交流訓練もあり、一回は俺たちも見学をした。

師匠が大人げなかったかな。

ノクスはいつもの訓練用の服を着ていたけど、髪と目を初めて見た何人かの騎士さんや見習いが眉を寄せた。

うちの領ではそういう表情を見たことがなかった。領民には数えるほどしか会っていなかったから、反応が違うかもしれないけれど、少なくとも今まで出会った領民は、ノクスを見ても好意的な者たちばかりだった。ワイバーン退治したあとは英雄扱いだったしなあ。

もちろん公爵家の使用人もあのとき以来、そういう目や表情をする人はいなかったのに。

やっぱりノクスの髪と目の色は差別の対象なのかな。とっても綺麗で似合うのに。

そう思うのは俺が元日本人だからというばかりではないはずだ。

今後、ノクスが理不尽な目に遭うのは避けたいけど、人の意識を変えることはたやすくない。

ノクスが辛い思いをしてもそれが解消されるように、力になりたい。記憶を思い出したとき誓った、悪意から彼を守るということ。側にいて支えになること。彼を不幸にするものを潰すこと。

きらきらした瞳で模擬戦を見ているノクスの横顔を見て、再度誓った。

時々エクラ君を交えて鬼ごっこをしたり、公爵夫人とノクスとエクラ君とお茶会をしたりして過ごした。

そうやってあっという間に三日が過ぎ、王都への出発の日。

「にぃたまーー」

「またくるよ。いい子でね」

エクラ君が大泣きする。

エクラ君はこの三日ノクスに甘え倒して一緒に遊んだり、例の模造剣で打ち合ったりした。それでかなり懐いたみたい。

「ほら、エクラ、ノクスはまた帰ってくるからいい子で待つのよ」

「そうだよ。お土産持ってくるからね」

えぐえぐと、必死に泣き止む姿を見てやっぱり天使だと思ったのは言うまでもない。

公爵領を出てからは順調に進んだ。公爵領はうちの領に比べて魔物に襲われる回数が少なく、師匠が暇だと嘆いていた。

そこを考えるとトニ先生は文官寄りの魔法師だって思う。

そういえば、トニ先生って結婚しているんだろうか。こんなに長い間、おうちを空けていて大丈夫なんだろうか。

王都の門を通過して王都の屋敷に着いた。管理人が出迎えてくれる。

あれ？　管理人の横にいるの誰だろう。

ご婦人と俺と同じくらいの歳の子供。そして彼らを護るように後ろに控える二人の騎士。

「あ……」

トニ先生が思わず、といったふうに声を上げた。

苦笑しながら、一番先に馬車を降りていく。

「お父様!!」

そのトニ先生に子供が駆け寄る。トニ先生と同じ色の髪と目をした、トニ先生に似た子供。

じゃあ、あのご婦人はトニ先生の奥さん?

ノクスにエスコートしてもらって馬車を降りる。

ご婦人と、お子さんと少し困ったように話しているトニ先生に父に続いて近寄ると、子供がじろっと睨んできた。

「すみません、家族が迎えに来まして、先に屋敷に帰らせていただきたいのですが」

「かまいません。今日はゆっくりお休みください。明日は王宮でお会いしましょう」

「すみません。ロアール卿」

「トニ先生のご家族?」

俺が首を傾げると、子供がますます睨んでくる。ノクスがその視線を遮るように前に出た。

「ノクス君、セイアッド君、私の息子だ。同い年だから仲よくしてやってほしい。ほら、シムオン、ご挨拶しなさい」

子供はむっつりとした顔で渋々、トニ先生の服から手を離して俺たちに向き合った。

「……シムオン・トニトルス。よろしく」

シムオン・トニトルス？　聞いたことある……

あれ？　その名前、魔法師団長の息子で攻略対象者の名前だ！

あ、あーーーー!!

そうか、副団長……これから団長になるってこと？

二人目の攻略対象者登場ってマジか～。


【シムオン・トニトルス】

「星宵《ほしよい》」では魔法師団長の息子で攻略対象者として登場する。第二王子の側近候補だ。

紫の髪と目を持ち、雷属性魔法を主軸に攻撃魔法特化のキャラクターとして活躍する。

雷魔法は麻痺の付加効果があるから、ＲＰＧ部分ではお世話になった。

子供のころ、忙しい父親の度々の不在のせいで少しひねた部分があり、かなりのファザコンのイメージがある。父親を誇らしく思っていてそれが自慢だ。父親のように立派な魔法師になりたいと思っており、また才能にも恵まれている。

神経質そうな容貌だが、もちろんイケメンだ。魔法オタクな部分もあり、好きな魔法を語らせたらそのセリフでテキスト枠がいっぱいになる。

で、そのシムオンに睨まれているわけだが。

「セイアッド・ロアールです。よろしく～」

「……ノクス・ウースィク」

あれ〜？　ノクスの機嫌がめちゃめちゃ悪い気がする。

思わずノクスに手を伸ばして握ると、握り返された。振り返った顔は笑顔だった。

あれ？

「では、お暇するよ。ノクス君、セイアッド君。できれば仲よくしてくれると嬉しいけどね」

「さようなら！　トニ先生！」

「さようなら、トニトルス先生」

手を振って去っていく、トニ先生一家。シムオンは振り返るとアカンベーをしてきた。

え、この世界でもそんな仕草あるんだなあ。

あ、またノクスの機嫌が悪くなった。

父が苦笑いする。

「ははあ。二人ともシムオン君に嫌われちゃったね。とりあえず屋敷に入ろうか」

「子供いたんだね。トニ先生。メイドさんがっかりしちゃうね〜」

なんせ、若いメイドさんがきゃあきゃあ言ってたからね！

「こら、セイ、そういうこと言うんじゃないよ？」

父にがしっと頭を掴まれて髪をぐしゃぐしゃにされた。

事実を言っただけなのに〜〜ひどい！

これはあれかな〜。シムオンが寂しい思いしたのって俺たちのせいになっちゃう？　魔法師団の仕事とはちょっと違うお仕事内容だし。

なんで、ゲーム開始前からこんなに出会うのかなー。殿下だけで充分なんだけど。

屋敷に入ると前に泊まった部屋を与えられて、お風呂に入って着替えてまったり。メイドさんが持ってきたジュースを飲んで一息つく。

家庭教師さんたちももちろんついてきていたので、今はいったん自宅へ戻っている。

三日ほど家庭教師さんたちはお休みして、それからまたお勉強再開。

明日はまた、王都巡りをしたいな～と思ってるけど、どうだろう。父に相談しようかな。

なんだかんだ言って馬車の旅は八歳児のお子様には堪える。眠くなっちゃうなあ。

「セイ、眠いならベッドに入ろう？」

手に持っていたジュースを取り上げられて落ちそうになる瞼を無理やり開けてノクスを見た。

「うん……寝る～」

くすっと笑ったノクスが俺の手を引いてベッドに行く。

「ちょっとお昼寝しよう」

二人でベッドに入って寄り添って寝た。

相変わらずノクスはいい匂いがする。それが心地よくてすぐ俺は眠りに落ちた。

王都二日目、少し遅く起きた朝。朝食を食べに食堂に行くと、もう父は王宮へ向かっていた。師匠もすでに出かけていて結局、お勉強くらいしかすることはなかった。

「庭でお茶する？」

ノクスと一緒に予習をしている間の休憩に提案してみた。

「いいね。楽しそう」

頷くノクスに微笑む。メイドさんに頼んで、おやつの時間に外でお茶ができるようにしてもらった。庭園を見渡せる位置に円形の屋根の小さな四阿《あずまや》（いわゆるガゼボ）があって、そこを使おうと決めた。

去年初めて来て散歩したのを思い出す。

お昼寝して午後の課題（家庭教師さんに休み中やっておいてねと出された）を片づけるとおやつの時間だ。

支度ができたとメイドさんが迎えに来たので四阿《あずまや》に向かう。庭師の腕がいいのか、色とりどりに咲き乱れた薔薇が綺麗だ。甘い花の芳香が漂う。そんな美しい庭を見ながら二人だけのお茶会。

最近、マナーの先生から紅茶の淹れ方や作法を学び始めた。だから今回はジュースではなくちゃんとした紅茶。こっちの世界でも三段のスタンドがあって軽食とお菓子が載っていた。八歳児なので、皆ミニチュアサイズ。いろんな味を楽しめるように工夫してくれた。

メイドさんが給仕してくれる。ふわっと紅茶のいい匂いがした。

紅茶の水色《すいしょく》は薄い黄金色。ファーストフラッシュだ。メイドさんが春摘みの新茶だと説明してくれた。甘みを感じる爽やかな後味。緑茶にも似ているが苦みが少なく、子供の味覚でもすんなり飲める。

超高級茶葉なんじゃないの、これ。しかも淹れ方もすっごく上手い。さすがメイドさん。

「美味しい〜」

「うん。美味しいね」

日差しは暖かく、花の香りの載った爽やかなそよ風が四阿《あずまや》を通り抜ける。

小さなサンドイッチやキッシュ、マカロンやフィナンシェやエッグタルト。薔薇の形を模してあるマドレーヌ。スコーンと薔薇のコンフィチュールは薔薇の香りがする。クロテッドクリームも添えられた。

「は〜お菓子も絶品」

「セイ、食べすぎは要注意だよ」

「うう〜わかってるよ〜」

今日のお菓子はビートグラニュー糖ができてから料理長の下、うちで開発したもの。俺のふわっとした説明でここまで作り上げるなんてやっぱりすごい。

どうやら、王都のお菓子より味も品質も数段上になっているみたい。お砂糖もバターも貴重品だもんね。特にマカロンは生地作りと乾燥が肝になっていて悪戦苦闘したらしい。間に挟むクリームも生地の色もいろいろ工夫してくれてカラフルな色味が目を楽しませてくれる。

前世は正直、どこが美味しいのか理解できなかったけれど、料理長のマカロンはとっても美味しい。さくっとした歯触りと口の中でほどけてなくなってしまうその軽さがたまらない。

「マカロン美味しい〜」

名付けたのは俺。料理長は知らない手法の菓子だって言って、俺に名前を付けさせてくれた。前世そのままで申し訳ない。

「セイは本当に美味しそうに食べるね。見てると百倍美味しく感じるよ」

「大げさだね～ノーちゃんは」

紅茶をお代わりして半分ほど平らげて終了。残りはメイドさんや使用人に払い下げ。ちゃんと使用人の分も作ってと言ってあるので全員にいきわたるはずだ。

「セイ、夕飯はいらないんじゃないかな」

「う～～確かに」

ポッコリしたお腹をさすると、ノクスは視線を背けて肩で笑っていた。

くう！

食後の運動にノクスと庭を歩く。すっとノクスの手が伸びてきて、俺の手を握る。最近は握手のような繋ぎ方じゃなく、もっとしっかりしたいわゆる恋人繋ぎだ。

八歳児で男同士なんだけど、なんかそわそわしちゃうのはなんでだろう。

おかしいなあ。

いや、最推しに手を握られてそわそわするのは当たり前なんだ。

そう、最推しだから！

「ん？」

ノクスが俺のほうを見る。

つい、じっとノクスを見つめていたみたい！　慌てて庭のほうを向く。

「お、お庭綺麗だね！」

「うん。去年も思ったけど、薔薇がいっぱいあるね」

「春に咲くお花だからじゃないかなあ？　まだ咲いてないほうはきっとほかの季節に咲くんだよ！」

春に咲く花で華美なのは薔薇だしね。

「セイは物知りだね」

「えへへ～　そうでもないけどね！」

ついぎゅっと手を握り締めちゃった。ノクスが微笑んでくれたので、またそわそわする。

なに？　無限ループなの⁉

それからしばらくお花見てたけど雰囲気に耐えられなくなって、かくれんぼした。

すぐ見つけられて、俺は惨敗した。

◇◆◇　◇◆◇

家庭教師さんたちの休暇が終わり、師匠も用事が一段落したのか朝食の場に顔を出した。

「去年と一緒の修練場でやるぞ」

そう言われて連れていかれた、王城の修練場。

「久しぶりだな。ノクス、セイアッド」

約十か月ぶりに会った第二王子殿下は背も伸びて、体格もよくなっていた。

つい自分を見て、ノクスを見てため息を吐く。俺は晩成型……晩成型なんだ。

「どうして殿下がいるんですか」

ノクスは相変わらず殿下に対して不敬だ。二人が近距離で睨み合う。

「もちろん、僕も参加するからだ」

そう言って二人で不敵に笑い合う。

うん、仲いいんじゃないかな。ほっとこう。

「師匠、僕、弓の訓練したいな」

「おう、一通り終わったら、弓が得意なやつ連れてきてやるわ」

さすが師匠！

とりあえず、走り込みから筋力トレーニングまで一通りやる。睨み合ってた二人も大人しく参加。

そこに、師匠が連れてきた王宮騎士団の弓の得意な騎士さんが来た。

「よろしくね」

「よろしくお願いします！」

頭を下げて挨拶すると、弓の的の前に連れていかれた。

練習用の弓と弓矢を借りて的を射る訓練をする。普通の弓矢に魔力を纏わせて射ることは領外では禁止なので大人しく普通に引く。

そもそも、魔力を扱うのは加護の儀を済ませてからだからね。

騎士さんは姿勢や的の狙い方などを丁寧に子供にもわかりやすくかみ砕いて教えてくれた。

肉体言語じゃなかった。よかったー。

その甲斐もあって飛距離も伸び、命中率も上がった。

「うん。弓の才能があるね。頑張ればスキルも得られるかもしれないね」

「わーい！」

褒められてつい小躍りすると、騎士さんが顔を背けて肩を震わせた。

しまった。八歳児にしては幼かったかも。

その間、殿下とノクスは素振りと模擬戦をしていた。

ちらっと見たけど、ずいぶん真剣にやっていた。木剣のぶつかる音が響いてきてびっくりする。

二人ともパワータイプなのかな。

休憩の時間についてきたメイドさんが水やスポーツドリンクを用意してくれた。タオルも新しいのをくれる。

「セイは弓をメインの武器にするの？」

「うん。僕、剣の才能、ノーちゃんよりない気がするんだー。もちろん剣も頑張るけど、ワイバーンを弓で射抜くくらいはしたいなーって」

「セイアッド、弓の得意なうちの騎士でさえ、ワイバーンは射抜けないぞ。普通の弓は歯が立たないくらいワイバーンの皮は硬い。城の見張り台には大きな弓が置いてあるからそれを使うはずだ」

殿下が呆れた顔で言った。

よく知ってるね。

「弓矢で射るんじゃないよ。魔法で射抜くからいいの」

「は？」

怪訝な顔をした殿下にノクスが言う。

「セイには魔弓があるんだ」

「まきゅう？」

殿下は今ひとつ想像できなかったのか、腑に落ちていないようだ。今度見せる約束をした。でも、まだ魔法が使える年齢じゃないから、代わりに魔法の得意な人に撃ってもらうしかないかな。見せるだけなら問題はないだろうし。

……問題はあった。

「これ、どこで売ってるんですか！」

魔法ができる人を呼んでもらって試し撃ちしてもらったけれど、この弓が欲しいと詰め寄られた。怖かったので大笑いしている師匠に丸投げした。

だって、俺は連れていかれただけで工房の場所は知らないもん。

「その武器、騎士団に欲しいな」

いきなり後ろから声をかけられた。振り返ると赤い髪をしたムキムキなおじさんが立っている。

「騎士団長」

え、騎士団長？

「よう、久しぶりだな」

「お久しぶりです。うちの団員にご教授いただき、感謝しています」

師匠に丁寧な言葉を使ってる！　やっぱり師匠はすごい人なんだなあ。

「いや、ここを使わせてもらっている対価だしな。その弓はセイアッド坊っちゃんのために特別に打った弓だから、作ってくれるかわからねぇが紹介状だけは書こう。あとはそっちで交渉してくれ」

「了解しました。魔法師団にも情報を渡してもよろしいですか？」

「ああ？　そっちは知ってんじゃねえか？　副団長がこの弓を試し撃ちしてたからなあ」

「ほう？　そうですか。副団長が……どっちにしろ、予算が確保できてからですけどね。貴重な情報感謝いたします」

敬礼をして去っていった。

あれが騎士団長か、イケオジってやつかな。でもそれほど年取ってない。トニ先生や父と同じくらいかな。


「ロシュ・フェヒターです。よろしくお願いします」

次に修練場に来たら、俺たちと同じ歳くらいの赤い髪の男の子が、先日見た騎士団長の横に立っていた。

俺は思わず口を開けて見てしまった。

「星宵《ほしよい》」の攻略対象者、騎士団長の息子、来たー！

【ロシュ・フェヒター】

「星宵《ほしよい》」の攻略対象者で騎士団長の息子。

代々武を誇る家柄でロシュは父親のように立派な騎士になりたくて努力するが、思ったように強くなれず伸び悩む。かなり筋肉質のキャラだった。

実は小心者なのに、見栄で頑張っていていろいろ悩んでるキャラ。

RPGのキャラクターステータスが物語ベースは脳筋系（物理攻撃）なのに、AGI（敏捷性）の伸びがよくて特化キャラにすると強かった覚えがある。

実際、俺の目の前にいる赤毛君は騎士団長の服を掴んでやや怯えている小動物にしか見えない。

大丈夫かな。そもそもなんでここにいるんだろう。

「おう。そいつが息子か。ん？　めちゃめちゃ怯えてるじゃねえか」

師匠が顔を近づけると後ろに下がった。

まあね。師匠強面だしね。原因が近づいたら逃げるだろうなあ。

「なんだかわからんが、この坊っちゃんも訓練に参加するそうだ。仲よくしてやれよ」

「はーい」

「はい」

「了解した」

そんなわけでロシュも混ざって訓練したけど、最初の走り込みでへばってた。

うん、殿下の最初のころみたい。服も殿下の着ていた鍛錬用の服と同じデザインだった。

あれ？　練習着としてはこれがポピュラーなの？

第二王子殿下を知っていたのか、ちょっと引いた様子が小心者の彼っぽい。

休憩時、隣に座った彼が話しかけてきた。

「あの、皆が着ている服、そういう服じゃないと、ダメなのかな？」

「ん⁇　違うけど、動きやすいからこれにしてる」

ロシュは目を輝かせて俺の着ている服を見た。

「興味あるの？」

「うん。僕、お母さんの着ている服とか、きらきらしたものとか、好き」

「へえ～、僕は刺繍や裁縫をするよ。服は作らないけどマフラーとかは編んだりする。これはジャージって呼んでて、うちの領では子供の遊び着になってる。売ってるかは知らないけど、ロシュのジャージ、作ってもらう？　髪が赤だから赤い色でいい？」

「ほんと？　嬉しいな。マフラーとか編めるんだ。すごいね。僕もやってみたいなあ」

あれ？　ロシュ、やっぱり脳筋じゃないの？　もしかして手芸仲間ができちゃう？

「僕、お父さんに連れてこられたけど、こういうのちょっと苦手なんだ。でも、うちの家はとにかく剣！　て感じだし。僕、才能ないのになあ」

「そうなの？　僕も剣は才能なさそうだから弓を練習してるよ。ロシュは斥候とか短剣術とかむいてそうだけど……いろいろやって合うものを見つけたら？」

「お父さん、怒らないかなあ……」

「怒らないよ。師匠～！」

「おう！　なんだ」

師匠にロシュの育成方法を相談して、騎士団長を説得した。

それから休憩中はいろいろ話して休みに家に遊びに来てくれることになった。

ロシュって素直ないい子！

ただノクスにそう話したら不機嫌な顔になった。ノクスは手芸しないじゃん！

ロシュが遊びに来た日、なぜだか殿下も来てノクスと一緒に俺たちについて回ってた。編み物し始めると退屈そうな顔してノクスとどこかに行った。

二人、普通に仲いいじゃん！

休憩時は四人一緒に庭でお茶をする。

「二人とも、編み物しないの？」

つい聞いてしまった。

「無理だ。僕はそういうのはできない」

殿下ははっきりと言った。

「僕も。細かい作業は苦手だから、セイを尊敬する」

ノクスってば、照れる。

赤くなった僕とノクスを見比べてロシュがうんうんと頷く。

なんで？

そのあと庭で鬼ごっこして遊んだ。こういう休日もいいね！

殿下は頻繁に来るようになってノクスと二人でこの世界のチェスに似たゲームをやっている。最初は睨み合ったりしてたけど、ホント最近は仲がいい。よかった。

ロシュもよく来て一緒に手芸をする。楽しい！

お勉強がお休みの日は王都の観光。師匠に護衛についてもらって、前に行った場所や気になった店に行く。それと、図書館は外せない。魔弓を作ってもらったゲルラック工房にも行って点検してもらったり、手入れの仕方を教えてもらったりした。

あのあと、騎士団長は本当に工房に来たみたいで、ゲルラックさんに師匠が睨まれていた。作るかどうかは検討中だって。

特にこの魔弓は俺用に調整してあって、俺がもっと大きくなったときに本領発揮するそうだ。え、どんな本領発揮？　なんか仕掛けとかあるの？　怖い。


今日は図書館に来た。ノクスも俺も図書館が好き。もっとも俺は外観を見るのも好きで、窓や廊下の造りを見ていて飽きないから好きの意味がまた違うと思うけど。

そういえばこの図書館は教会に併設されてるんだよな。教会って主神はなんだろう。加護は神様からばかりではなく、精霊もある。

どちらかと言うと魔法はこの精霊の加護のほうが重要で、得意属性は精霊によるものだ。うちの父のように豊穣の神の加護で特殊な魔法が使えるのは稀。よほど神に愛されてないとそうはならない。

ゲームではノクスは闇の精霊の加護を受けていると思われていた。

でも俺は前に宵闇《よいやみ》の神の加護だと口走った。夜を司る神だ。

殿下の話によると、王家の髪の色は太陽の神の加護らしい。

だから公爵家では太陽の神と仲が悪い宵闇《よいやみ》の神の加護の色である黒、つまりノクスの髪や目の色がよく思われないのだろうか。

「師匠、ノーちゃん、僕、教会に行ってみたい」

「おお？　信心深いな」

「教会って祝福の儀のあとから行ったことないね」

「よーし！　行くか。お祈りしたらいい加護がもらえるかもしれねえな」

というわけで図書館の隣の、荘厳な教会に来た。

神官さんがお祈りする広間に連れていってくれる。列柱の廊下の柱には彫刻が入っている。精霊や神々の姿を現してるんだって。先には祭壇とステンドグラスの装飾の窓が見えた。

祈りの間は広く、通路の左右にベンチが置かれている。祭壇は半円形になっていて、主神と呼ばれる太陽、星と花、豊穣、鍛冶、雷、月、宵闇《よいやみ》の七神と光、闇、水、風、火、土の六精霊、それぞれを模した像が祀られていた。

中央には大きな水晶球があり、小さな水晶球はそれぞれの像の足元にも祀られていた。

半円の祭壇内に入れるのは加護の儀のときのみで、普段のお祈りは通路を隔てたベンチか、通路に跪《ひざまず》いて祈るということだった。

俺はゲームのタイトルにもなっている星と花の神、宵闇《よいやみ》の神に目が行った。

それぞれの像を一通り見て神官の指示に従って通路に跪《ひざまず》いた。目を閉じて、手を合わせて祈る。

どうか、ノクスの歩む道を光で照らしてください、と。

『そのためには、君が頑張らなくてはね』

あの声。

思わず顔をあげて、周りを見た。

ちかっと水晶が光る。月の神の足元の水晶球と、もうひとつ。

宵闇《よいやみ》の神の足元の水晶球。

それは、すぐに消えてしまった。

「神、さま?」

小さく呟いた声は誰にも聞きとがめられなかった。

王都の教会はすべての神を平等に祀っている。

王家は太陽の神の加護を得やすいが、太陽神だけを崇めたりはしない。貴族は領地に縁深い土地の神や精霊の加護を得やすい。ロアール家が代々豊穣の神の加護を得ているのもそういった理由からだという。

あの祭壇にあった水晶が加護の儀に使われるらしい。当日はたくさんの子供が訪れる。あと二年後には正式に加護がわかって魔法が使えるようになる。少し楽しみだ。

ノクスは剣の鍛錬に余念がない。教会に行ってから真剣さが増した。

ますますかっこよくなって時々見惚れる。最推しが尊すぎてどうしよう！

俺の弓の腕前はというと、そこそこ褒められる程度には上達している。あとは実践あるのみなんだけど、そこは八歳児、実戦はない（うまいこと言った！）。森の浅いところでも魔物に襲われる危険があるからね。

◇◆◇　◇◆◇

夏が来て社交シーズンが終わる。

父は忙しそうにしていたが、やっと一段落ついて朝食の場に顔を出した。

「二人とも久しぶり。ノクス君、公爵がそろそろ帰国するようだよ。よかったね」

「父上が……」

「もうすぐ会えるよ」

「はい……」

ノクスは嬉しそうな顔をして頷く。

ヤバい、俺のほうが泣きそう。よかったね、ノクス。

でも、俺たちがロアール領に出発する日まで公爵は帰国しなかった。帰ったときは手紙が来るはずだからと父が慰めていた。

領に帰る日、殿下とロシュが見送りに来た。

殿下を見たノクスは素早く握手を交わしていた。俺もロシュと別れの挨拶を交わす。

「手紙書くね！」

ロシュと握手をしっかりしてちょっと涙目になりつつ、馬車に乗った。

「元気で！」

「またな」

手を振る二人に俺とノクスも手を振った。

馬車が走り出すとなにかが足りない気がする。

「あ！　トニ先生は？」

「門のところで拾う手はずになっているよ」

「よかった〜まだ教えてほしいことといっぱいあるんだ〜」

「先生とは全然会えなかったけど、忙しかったのかな？」

ノクスが言う通り、初日に別れたあとは屋敷に顔出しもしてなかった。

副団長だからきっといろいろ仕事が溜まっていたのかな？

「あ、トニ先生がいる」

「ホントだ。あ、初日に会った子がいる」

トニ先生の前に馬車が停まり、護衛の騎士さんが扉を開けた。

父が降りて挨拶をし、トニ先生が乗るとお子さんもついてきた。

あれ？

「申し訳ありません。お世話になります」

「大丈夫ですよ。鍛錬も勉強も子供たちと一緒にすればいい。シムオン君、これからこの子たちと仲よくしてくれ」

「シムオン、ご挨拶しなさい」

「……よろしくお願いします」

「よろしくね！」

「よろしく」

シムオンはむすっとした顔のまま挨拶した。

まあ、仕方ないね！　あれ？　でも魔法の授業、シムオンは十歳になっていないのに参加しても大丈夫なのかな？

シムオンと仲よくなれるのか一抹の不安を抱えたまま、馬車は門を通り抜ける。まずはウースィク公爵領を目指して。


沈黙が重い。

父とトニ先生はいろいろ仕事の話をしているけど、俺たちは後部座席に奥から俺、ノクス、シムオンと三人並んで座り、押し黙っている。

寝よう！

……狸寝入りをするつもりが本気で寝てた！　涎、大丈夫かな。

休憩時に起こされて馬車を降りて伸びをした。

「ふぁ、眠い」

「馬車の振動が眠くなるよね」

「うん」

あれだ、電車に乗ると眠くなるのと一緒。どうやらノクスも寝ていたみたい。

街道は舗装されていてガタつかないし、貴族用の馬車は乗り心地がいいんだ。

それに八歳児なので寝るのはいいことなんだ。シムオンはトニ先生の服を掴んでくっついている。

仕方ないよね。周り皆、知らない人だもん。

師匠が体を解《ほぐ》してた。魔物が出てきたら蹴散らす準備かな。

メイドさんが、レモンと蜂蜜が入った水を持ってきてくれた。冷えているのは冷蔵保存箱のおかげかな。

美味しい。意外と喉が渇いていたみたい。

王都でも夏はそれなりに暑いから冷たい飲み物が美味しい。

シムオンも飲んで目を見開いていた。冷たいからかな。そのあとふにゃっと顔が緩んでごくごくと飲んでいた。

可愛い顔してるんだなあ。睨んだ顔と不機嫌な顔しか見てないから新鮮。将来はイケメンになるんだから当たり前かな？

来年の春まで滞在するみたいだし、仲よくしないとつまんないよね。

「ノーちゃん、シムオン君と仲よくしよ」

「……うん」

頷くまでかなり長かった。やっぱり第一印象が悪すぎたのかな。

俺は彼のバックボーンもゲームの知識があるし、父親大好きで離れて暮らしてたからずっと一緒にいる俺たちが気に食わないのもわかる。どうして他人のお前たちがって思っても仕方ない。

ノクスは負の感情をあまり表に出さないから、かえって心配だけど。

でも貴族の子供って親とあんまり触れ合わないみたいなんだよね。殿下とロシュは食事の時間に両親と顔を合わせればいいほうって言ってたし。

勉強や鍛錬で家庭教師やメイドさんたちとの時間が長いのは、俺たちも一緒。お付きのメイドさんは気配を消して部屋の中にずっといるしね。

うん、ちゃんと打ち解けよう。ゲームのシムオンは今の彼とは違う。この世界のシムオンとはほぼ初対面。これから人となりを知るべきだ。

仲よくできるといいな。

父とトニ先生はお仕事やなんやらで書類を見ながら打ち合わせしてたみたい。

師匠は相変わらず魔物を蹴散らしたみたいで、たまたま見たシムオンの目が見開いていた。

うん。結構あれは衝撃なんだよね。

ウースィク公爵領では親子の団らんを優先し、俺は遠慮して師匠と戯れた。師匠を待っていた公爵領の騎士さんたちに混じって鍛錬したりした。

シムオンはトニ先生と一緒の部屋に泊まっていた。

あれだね、金魚の……って言えないなあ。

師匠を連れてシムオン君を誘ってみる。

「シムオン君！　一緒に鍛錬する？」

「来いよ！　歓迎するぜ！」

ウエルカムな師匠は置いておいて。

「え？　え？」

強制的に走り込みに連れ出した。

魔法師を目指している貴族の子にしては、まだあまり体を作っていない気がする。

「はぁ……はぁ……」

よたよたと走ってくるシムオンの体力は多分普通の小学生並み。限界かなと感じたところでストップして、鬼ごっこに参加してもらった。

シムオンは鬼ごっこで体力の限界を迎えてダウンし、木陰で座り込んで息を整えていた。

「シムオン君のお父さん、すごいよね」

そう切り出すとパッと顔をあげた。

俺は隣で体育座りをする。

「うん。すごいんだ！」

あ、一気に明るい顔になった。

「僕、絶対、お父様みたいな魔法師になるんだ」

あ、やっぱり魔法オタクになってる。

「すごいね。もう、将来のこと考えてるんだ。トニ先生の加護は雷の神様かな」

「そうなんだ！　ぴかぴかって光る魔法なんだ」

あ、やっぱり。「星宵《ほしよい》」では加護がどうって説明はなかったけど、シムオンは雷属性の魔法を使っていたな。髪と目の色が紫で、この色が加護を受けた色なのか。

「シムオン君も髪と目の色がトニ先生そっくりだから、同じ加護かもしれないね」

シムオンの顔が喜色に輝く。

あれ？　もしかしてチョロイ？

「そうだと嬉しいなあ。魔法師団に入ってお父様みたいに活躍したいんだ。加護の儀が早く来ないかなって思ってる」

ごめん。俺たち、先に習ってるよ、魔法。

「近い」

突然後ろから声が聞こえたかと思うと、シムオンとの間に黒い影が割り込んだ。

「ノーちゃん、なにしてるの？」

「セイ、慎みを持てって話、マナーの先生とご両親から聞いているね」

「はあ……まあ、聞いたことあるけど？」

大抵、ノクスと一緒のときだった気がするけど、気のせいじゃないよね。どっちかというと、ノクスが言われてたんじゃないかな。

「もう少し、距離を保つようにしたほうがいいよ。セイ」

ええ？　今のノクスのほうが距離近いよ？　ちょ、ちょっと、押さないでってば！

きょとんとしたシムオンが首を傾げた。

「ノーちゃん、ここにいていいの？」

「エクラと遊んでたら、ここにいるのが見えたから」

公爵夫人がエクラを連れて現れた。

「そうなの。急に走っていってしまうからびっくりして追いかけてきたわ」

「こんにちは！　ノーちゃんのお母さん、エクラ君」

俺は公爵夫人とエクラに笑いかけた。

「本当に困った子でごめんなさいね、セイアッド君。ノクス、気持ちはわかるけど押し付けちゃダメよ。心は大きく持たないと嫌われるわ」

ノクスはしゅんとした表情になった。

嫌われるって俺に？　それはないけど。

「こ、こんにちは」

シムオンが挨拶した。

公爵夫人とエクラにはシムオンは公爵家に来たときに挨拶を交わしただけだったかなあ？

「こんにちは。シムオン君、あなたのお父様にはノクスが世話になっているわ。とっても感謝しているの。ノクスはちょっとセイアッド君びいきだけど、この子とも仲よくしてほしいわ」

俺びいき……まあ、前にセイファーストって言われたことあるし……あ、なんか顔が赤くなる。

「はい」

シムオンが俺とノクスを交互に見て頷く。

あ、この表情、殿下とロシュもしていた顔。なんでだ。

そのタイミングでエクラがとことこっと歩いてきて、後ろからノクスに飛びついた。

「にい～～」

「こら、エクラ……」

首に手を巻かれて全体重をかけられたノクスは前のめりになって、俺に寄りかかった。それを前から支えるとノクスと抱き合うみたいになった。

慎みとかどこ行ったの。公爵夫人はにこにこしているだけだけど。

「エクラ君、可愛いね～」

「セイ、そんな場合か。重いよ、エクラ」

「仲いいんだね……」

俺とノクスのやりとりを見て、シムオンはしみじみと言う。

「あらあら。……シムオン君、エクラとも仲よくしてほしいわ」

カオス？

師匠が休憩終わりって言うまで、皆でわちゃわちゃしていた。

「あ、はい」


「ね、ノーちゃん、昼間はなに？」

「ん？」

濡れた頭をタオルで拭いているノクスにびしっと指を突き付けて言った。

ノクスはきょとんとした顔をすると、俺の指をぐっと握って首を傾げた。

「人を指さすのはよくないよ」

「う……」

言われて下ろそうとしたけれど、ノクスが握ってて動かなかった。仕方ないから手を引こうとしてバランスを崩した。

「あっと。危ないよ、セイ」

抱きとめられて至近距離で見たノクスの顔は、悪戯を成功させたときの表情をしていた。

「もう、離してってば。昼間は慎みとか言ってたのに！」

「そうだね。……どっちにしろ、十歳になったら一緒の部屋じゃなくなるよ。きっと今と同じじゃいられないと思う。だけど、セイがほかの人と近い距離でいるのは嫌だ」

「ノーちゃん……」

「セイとこの距離でいるのは僕だけにして」

え、ちょっと待って。ノクス、俺たち八歳児で……。えええ？

ノクスからいい匂いがして、くらくらする。頬が熱くなって、ドキドキした。

「う、うん……」

「約束だから……」

ノクスはそっと俺を離すと指先にキスした。

最推しのキスは尊いを突破した。腰が砕けた。

「え？　セイ？」

そのあと、俺は熱を出した。

さっきの、俺の知らないノクスとゲームの中のノクスのイメージが、俺の頭の中でぐちゃぐちゃになった夢を見た気がする。

最近のノクスは無邪気な子供じゃない気がする。

あんな、あんな指先にキスとかして。誰が教えたんだろう。もう！　悪戯が過ぎるよ！

寝込んでいると父が訪れた。

「ごめんなさい、父様」

「旅の疲れが出たのかな。セイが熱出すなんて思わなかったな」

「子供特有の一時的な熱だと治癒師が言っていました」

メイドさんが説明してくれた。

公爵家のお抱え治癒師が、子供にはよくあることですよー、はっはっは、とか言って熱さましの薬湯だけ置いていった。あの治癒師、ノクスの熱もそんな感じで診断したんじゃないだろうな？

俺のせいで二日遅れて公爵家を出発した。

まあ、熱はすぐ下がったんだけど、疲れてるんじゃないかって大事をとった。

馬車の中では俺はもう寝て過ごすことにした。熱が出たら困るし。

ちらっとノクスを見たら、笑顔が返ってくるし！　うう、なんか顔が熱くなる。ロアール領に戻るまで、なんだかそわそわした。

最近こんなのばっかり。

父はむすっとして、トニ先生は生温かい目をして、シムオンは寝ていたような気がする。

屋敷に着いたら皆がお出迎えしてくれる。ヴィンが駆け寄ってきて俺を素通りしてノクスに抱きついた。

ぐぬぬぬぬ。

「セイ、声に出てるよ」

苦笑したノクスに突っ込まれた。

「にぃたん？」

「ヴィン、こっちにも！」

首を傾げてわからないふりするなんて！　可愛いじゃないか！

「もう、セイ、やきもちはみっともないわ」

「僕、ヴィンの兄なのに！」

ああ、でもこのツーショットもいい、と萌えている自分の病は重い。

シムオンが呆れた顔で見て言った。

「仲がいいね」

結局ヴィンは父に抱えられて屋敷に戻っていった。

俺には抱きついてくれなかった。寂しい。

高いのが嬉しいのか、キャッキャと騒ぐ天使なヴィンをちょっと不貞腐れた気持ちで見ていたら、ノクスが俺の手をそっと握って屋敷へ引っ張った。

慎みってなんだろうと思いつつ握られた手に力を込めた。

◇◆◇　◇◆◇

料理長が頑張った、シムオン歓迎の晩餐。うちの料理長しか作れない前世メニューをこれでもかと出した。それらを食したシムオンは料理長に突撃した。美味しさに感動したらしい。

料理長は天才だからね。俺のふわっとした説明でめちゃくちゃ美味しい料理を作ってくれるしね。

王家に教えたレシピは新しい料理としてほかの貴族に広まっているらしい。

すごいよね！

特に食後に出したデザートがめちゃくちゃ美味しかったらしい。子供にはプリンだね。

そして、シムオンは料理長に弟子入りを果たした。まさかの料理!?　魔法はいいのだろうか?

「トニ先生、シムオン君、あれでいいの?」

「ん?　制御が乱れてるよ」

おっと。

「セイ、シムオンがしたいならいいんじゃないかな」

しれっとした顔で綺麗な球形を描いた「灯り《ライト》」の魔法を手の上で展開しているノクス。

歪みなく魔力の渦がその球を形作っている。もう、完璧なんじゃないのと思うくらい上手くなった。

うう、悔しい。

「あんなにトニ先生みたいになりたいって言ってたのにな」

「まだ八歳だからね、君たちもだけど。もしシムオンが本気で料理人になりたいなら、いろいろ考える気持ちはあるんだよ。ここの料理は美味しいからね。うちの料理人にレシピを売ってもらおうかって思っているくらいだ」

「うん。美味しい」

「料理長がすごいからね!」

眉間に皺が寄る。気を抜くと魔力が揺らいでひしゃげた形になるんだ。

俺たちが魔力制御を教えてもらってもう一年。

魔力を伸ばすこともできて、日に日に「灯り《ライト》」の魔法に使う魔力が減っているのがわかる。

今までずっとパッシブだった魔力視は今ではアクティブになって自在にオンオフできる。視たいと意識すれば視られるし、意識しなければ視えない。

今、ノクスの体に流れている魔力は綺麗にぐるぐる回っている。綺麗に流れるようになって、熱を出すことがなくなった。

最近はそろそろ公爵家に戻るのかなと思う。

公爵、戻ってくるって言ってたし。そうなったら寂しくなる。

あ。

制御が乱れて形が歪んだ。

「セイアッド君、ほかのこと考えていたでしょう？　魔法を扱うときは気を付けないといけない。暴発したら危険なのは教えたよね？　ちゃんと集中して、やり直し」

「はい！」

魔法の授業にはシムオンの参加は許可されなかったみたい。シムオンが料理に興味を持ったのは、ちょうどよかったのかも。俺たちの魔法の授業時間、料理長に教わっていいと許可を父が出してくれた。そのほかの時間は一緒に勉強と鍛錬をしている。

剣術は貴族のたしなみだから必ず習う。シムオンは剣術に見所があるようで、体力さえついてくればそこそこ上達するだろうって師匠が言っていた。

「セイアッド！」

それと最近、シムオンがやたらと俺に絡むようになった。

「マゲイロス師匠に聞きました！　あの美味しい料理のレシピはセイアッドからもらったと！」

「ええ！　違うよ！　僕はこういう料理食べたいなあって言っただけだよ？　レシピ作ったのは料理長！」

「謙遜？　いえいえ、そんなことはないはず。あれだけ師匠がきらきらした目で語ったんだから、間違いない」

料理長、どんな話し方したの！

「近い」

ノクスが間に割り込んでくる。

「節度と慎みをもって接するように」

「なに言ってるんだ？」

「とにかくセイから距離を取れ」

「はあ？　それこそなに言ってるんだ？　ノクスとセイアッドこそ、いつもくっついてるじゃないか？　そっちこそ距離を取れ！」

「僕とセイはいいんだ」

「はあ？　馬鹿だろ。とにかくどけ！」

「どかない」

なんでそんな喧嘩になってんの。

俺はため息を吐くとこそっとそこから離脱。安全圏の師匠の側に落ち着く。

「今は鍛錬の休憩なのに。二人はどうして仲が悪いんだろう」

「セイアッド坊っちゃん、本気で言ってんのか？」

本気だよ！　特にノクスが父並みになっている。

「ノーちゃんが父様化してる」

師匠がぶはっと噴き出すと、俺の離脱に気付いた二人がお互い妨害し合いながらこっちに来る。

それを見た師匠が笑って俺の肩を叩く。

痛い痛い！　バンバンしないで〜！

「師匠近い！」

「剣聖先生！　近いです！」

息合ってんじゃん。思わず俺は師匠の後ろに隠れた。

第六章　初めての海と四人目の攻略対象者！

なんとシムオンは誕生日が九月で三人の中では一番早かった。

イチゴは旬じゃなかったから、いろんな葡萄をこれでもかと載せたクリームチーズの葡萄タルトにシムオンは感動の涙を流した。

「宝石のような葡萄と、コクのあるクリームチーズと、甘いさくっとしたタルトの絶妙なハーモニーが素晴らしい！」

食レポには宝石って入れなきゃならないのかとちらっと思ったけど、瑞々しい緑や藍や濃い紫の葡萄はきらきらして、ほんとに宝石みたいに見えた。食べたら甘みと酸味が口に広がって、超美味しい。あの、前世で有名なタルト店に優る美味しさだった。一ピース千円超えるのあったけど。

さすが料理長！

二か月後、十一月のノクスの誕生日のケーキはなんとチョコレートケーキ！

あれからうちの食材調達部隊はやってくれました！　カカオとよく似た実（というか種？）をお湯に溶かして飲む習慣のある国があって、その国の品物を売っている商人を探し出し、カカオに似た実を購入。その実から種が採れたので父のチートで根付かせた。

まだちゃんとした実はつけてないんだけど、買い取ったカカオからカカオバターを取り出すことには成功して、試行錯誤の上、前世のチョコレートの再現に成功。

ココアも飲めるんだよ！

料理長は苦いままのカカオバターを料理の隠し味に使ったりして、レパートリーを増やすことにも余念がない。

そんな彼の渾身のチョコレートケーキが美味しくないわけがない！

丸い台のしっとりとしたガトーショコラ。その上に生クリームを添え、薄く削った板チョコでデコレーションされた。薔薇のような造形が美しい。子供向けだからお酒の使用はなかった。でも大人向けにお酒を使ったケーキも開発してるっぽい。

は〜至福。これには皆目を剥いてたよ。

カカオの可能性に気付いた父がチョコレート専門店を王都に開くことになるのはまだ先の話。

時々父の目が金貨マークに見えるときがあるんだよね。

俺の誕生日は初めて作ってくれたイチゴショートをねだった。生クリームがふわふわで絶品。前世で食べた、帆の形した高級ホテルのクリスマスケーキに優る超美味しいケーキ。

一番上のイチゴの飾りがふんだんに載っていてフルーツタルトみたい。その真ん中に木の形したチョコを飾ってもらった。クリスマスのもみの木みたいだ。その上に薄く削ったホワイトチョコレートを散らしたセンスのよさ。

グッジョブ！　料理長！

もちろんスポンジとスポンジの間にはたっぷりの生クリームとイチゴがサンドされて、切り分けたときの断面も美しかった！

もちろん絶品だったよ！　シムオンが目を見開きすぎて笑った。

そんな誕生日の翌日、雪が積もった裏庭。

「九歳！」

樽の丘の上で天を指して叫んだ。

パチパチと手を叩くノクスと、は？　という顔のシムオンがいた。

「なにしてるんだ」

「ふっふ～、毎年恒例の年齢確認だよ。あと一年で加護がわかるから楽しみなんだ」

「加護か。セイアッドの言う通り、僕もお父様と同じなら雷の神だな」

「え、おへそとられる？」

「は？」

やっべぇ。この世界の雷神は太鼓を持っていなかった。

「んんっ……魔法も使えるようになるね。大手を振って！」

ノクスがくすっと笑った。

「そうだね。僕も楽しみだな」

「大体予想できるけど、外れる場合もあるから、期待しすぎないようにするよ」

シムオンは肩を竦めた。

「よし、いつものやついこう！」

樽の上から飛び降りて真っ白の雪原になったアスレチック広場の雪で遊ぶ。

「なんだそれ？　ゴーレム？」

「雪のゴーレムなんだって。ね？　セイ」

「冬はこれ作らなきゃいけないの！」

雪だるまって言えないんだよ！

そして、わらわら出てきた騎士たちと一緒に集団戦の雪合戦。

寒い冬なのに体ぽかぽかで汗かいちゃった！

そして新年はもうすぐそこ。

今回はシムオンも一緒に年越し。いつもの部屋でなく、居間であったかいミルクを飲みながらそのときを待つ。

「蜂蜜が美味しい」

シムオンが目を輝かせる。

「この蜂蜜はうちの領の特産品で希少だからね。ぜひ味わって」

「セイは時々商売人になるね」

ノクスはちょっと呆れた顔だ。

そりゃあ、なるよ。うちの領が栄えないと将来のスローライフができないもん。

「魔物の氾濫《スタンピード》もまたあるし、いろいろ備えておかないとダメなんだよ？」

「……そうだった。うん、そうだね、セイ」

「そういえば、ワイバーンが出たんだってね。怖かっただろ？」

「あー、なんというかね。怖い通り越しちゃってたなあ」

ノクスが倒したとは聞いていないんだろう。あれ？　トニ先生も倒したけれどそれも？

「確かに。とにかく驚いた」

「へえ。王都でワイバーンの素材が出されたとき、すごい値がついたって聞いた。傷が少なくて、首が一撃で落とされていたって」

俺とノクスは顔を見合わせて苦笑した。

ノクスが僕を守ってくれた。そして不思議な光が現れ、声が聞こえた。あのときと教会で一度。それ以降は聞こえない。

あの声は神様だと思う。でもなんの神様？

あの教会で光ったのは月の神の像の前と、宵闇《よいやみ》の神の前の水晶玉。あの光は祈りに反応した？

ノクスも俺もこの髪と目の色は、あまり見かけない色。特に俺の瞳の色はかなり珍しいんだって聞いた。俺の加護は月の神？　ノクスは宵闇《よいやみ》の神の加護なんだろうか。

「あのとき、結構被害が出たからね。高く売れたなら、よかった」

「ああ、そっか。領民の生活もあるものな」

シムオンは納得した顔で頷いた。

それからお菓子を食べつつ鐘の音が鳴るのを待つ。居間の大きめの窓から夜空を見る。今はどんよりとした雲がかかっているようで闇夜だった。

「鐘の音、聞こえる？」

ノクスの声にドキッとする。

「え、まだだよ～」

「そっちから聞こえるのか？」

シムオンの声もした。

「来ないでいい」

「ずるいじゃないか！」

また始まった。

「喧嘩はしないで。鐘の音が聞こえなくなる」

後ろを向いてきっと睨むと二人は視線を逸らした。

息を殺したメイドさんが肩を震わせたのが二人の肩越しに見えた。それからしばらくして鐘の音が響く。

「新年おめでとう」

「おめでとう」

「うん。新年おめでとう」

二人の挨拶に俺も返してミルクのコップで乾杯。他愛ない話をして別れた。

お菓子の残りは残ってくれたメイドさんが片づけてくれる。

歯を磨いて寝る支度をしてベッドに潜った。今日は少し寒い。寒いのでくっつく。

ノクスのいつもするいい匂いがふっと鼻を擽《くすぐ》った。ノクスだなって安心する。

「おやすみ」

「おやすみなさい」

いつものノクスの額へのキスが降ってきて、くすぐったい。

『どっちにしろ、十歳になったら、一緒の部屋じゃなくなるよ』

ノクスの言葉が思い出される。

なんでかな。胸の奥が痛い。五歳からずっと、側にいたのに離れるなんて。

やだな、と思いながら、俺は眠りに落ちていった。


年が改まったその冬も雪合戦したり、雪まつりを思い出して庭に雪像を作ったり、それを見た人が領都の広場に芸術的な雪像を作ったりした。もっとも俺は見られないので、父から聞いた話だ。

弟のヴィンももうすぐ三歳、大分成長して大きく重くなった。

「ノーたんにぃたま！」

相変わらず、ノクス大好きなヴィンは三人並んでいると最初にノクスに向かう。

「お前ら兄弟はノクスを好きすぎないか？」

シムオンがぽつりと呟いたが、当然だ。

「もちろん！　五歳のころから一緒にいるからね！　ヴィンなんか生まれたときからだからね」

そしてヴィンを抱き上げて頬擦りする二人のツーショットも相変わらず尊い。

今日は四人一緒に剣術の稽古。もちろんヴィンは模造剣を使っている。

シムオンも大分鍛錬に慣れて息を切らすこともなくなった。そして背も伸びている。

やっぱり俺が一番背が低い。なんでだ。これでヴィンにまで追い抜かれたら立ち直れない。

暖かいロアール領は雪解けが早い。山の上は雪が見えるけど、三月には平野部にもう雪はない。

ヴィンの誕生日が過ぎるころにはほかの領へ続く道の閉鎖も解けて行き来が始まる。

今年も父と一緒に王都に行くことになった。シムオンも一緒に王都へ戻る。

トニ先生が行っている魔力による子供への影響の調査に関しての進捗も報告されるんだろう。その結果によっていろいろ対策がされると、父から聞いている。

全員がノクスのように魔法師から魔法制御を教われるわけではない。そこは俺の手の届く範囲じゃない。とにもかくにも、ノクスがすっかり健康になったことを喜ぶばかりだ。

放っておいてもノクスが死ぬことはなかっただろうけど、苦しい思いはなるべくしないほうがいい。子供のころは楽しい思い出だけあればいいんだ。

トニ先生の俺たちへの魔法の授業は来年の春まで。

それ以降は加護が判明するので、それに見合った教師を呼ぶらしい。

トニ先生も本業は魔法師団の副団長だし、団長になれる人材だからいろいろ忙しいんだろう。

家庭教師なんて本来、するはずのない人だしね。

そして四月四日、ヴィンの誕生日を迎えて、料理長の渾身の料理が振舞われた。シムオンも手伝ったらしい。それがシムオンからヴィンへのプレゼントだった。

ヴィンのケーキは基本は生クリームのケーキなんだけど、丸い台の上にはワイバーンの絵が色のついた生クリームで描かれていた。

「ほら、ワイバーンを退治しよう」

シムオンがケーキナイフをヴィンに渡した。

シムオンにワイバーンを討ったとき、ヴィンが見ていてワイバーン討伐というか、剣士に憧れている（ほんとはノクスなんだけど一応秘密だから）って言ったら、このケーキを料理長に提案したらしい。

キャラバースデーケーキだよ！

思いつかなかった！　すごいよ、シムオン！

ヴィンが目をきらきらさせてケーキナイフを持って、丸いケーキの真ん中をざっくりと切っていく（もちろん母の補助付き）。

切り終わったら、皆で拍手。

ノクスが「ワイバーン退治おめでとう」と言ったら、すっごく嬉しそうな顔をした。

そのあとちゃんと料理長に切り分けてもらって、皆で食べた。

満足げなヴィンの様子を見て俺は心の中でシムオンに感謝した。

◇◆◇　◇◆◇

王都への出発の日。

シムオンにも懐いたヴィンは盛大に泣いた。母が宥めてえぐえぐと泣くのを我慢するヴィンが可愛い。そんなヴィンに手を振って、まずは公爵領に向かう。

公爵は雪が降り始めたころに帰国したそうだ。公爵からノクスに届いた手紙に、移動ができず会いに行けなくてすまないと書いてあった。公爵はまたどこかに外交のために行かなくてはいけないようで、俺たちの旅の列に加わるそうだ。心なしかノクスがうきうきしている。

よかったね。ノクス。

順調に馬車は進んで、ウースィク公爵家の門へ着いた。中に入って馬車寄せに馬車が停まると屋敷の前に迎えの人たちがいた。使用人の並ぶ真ん中に公爵と公爵夫人とエクラ。

俺より先に降りて、エスコートしてくれたノクスの視線は公爵に向けられている。

父とまず挨拶を交わした公爵の視線がノクスに向く。

「ノクス、お帰り」

ノクスが公爵に駆け寄った。家族勢ぞろいで言葉を交わす。その間に騎士たちは馬を休めに、俺たちは先に客間へと通された。俺の部屋は行きに使わせてもらった部屋だった。ノクスはしばらく親子水入らずで過ごせばいい。

メイドさんに手伝ってもらって旅装を脱いでお風呂、そして普段着へと着替えた。着替えたところでノクスが戻ってきた。ちょっと目元が赤い。

ノクスはそのままお風呂へと向かって支度をするらしい。

俺は部屋の椅子に座って編み物を始めた。道具は持ってきていて、いつでもできるようにしてあるんだ。

大物は結構時間がかかるからね。地道にしないと。身体強化を覚えれば倍速で編めるだろうか。

いや、それより機械編みしたほうが早いよな。昔、おばあちゃんの家でひいばあちゃんが使っていた機械編み機を見たことがある。ピアノの鍵盤部分みたいな大きさの、糸を引っかける針がいっぱいついている台にアイロンみたいなのが載っていて前後に動かすと織機みたいにニットが編めるやつ。この世界、機械編み機ってあったかな？

手で動かすのと手で編むのはちょっと違うな。そういえばそんな編み機、おばあちゃんち以外、前世では見たことない。玩具で小型のが出てた気もするけど、どうだったかな。

待ってる間に夢中になっていて、ノクスが戻って着替えたのに気付かなかった。

ふっと顔をあげたら、ノクスが覗き込んでいる。

「うわ、びっくりした！　声かけてよ、ノーちゃん」

「夢中になっているの、邪魔するのは悪いと思って」

「ノーちゃんが出てくるまでの暇つぶしのつもりだったんだよ」

「そうだったのか」

「そうだよ」

「しばらくゆっくりしてもらって、それから晩餐だって。父上も久しぶりだからきちんと挨拶したいみたい」

「外国のお話とか、聞けるかな」

「聞けるんじゃないかな？　一緒に王都まで行くって言ってたし」

「外国もワイバーンとかいるよね」

「いると思う」

「そこでも退治したら、ノーちゃん英雄？」

「なに言ってるの。あれはなんというか、僕の力じゃない気がするよ？」

「そうなの？」

「セイの力だよ」

「僕、神様に祈っただけだよ？」

「神様の力だったとしても、セイが祈ってくれたから、だよ」

「そうかな？」

「そうだよ」

「そうかあ」

「うん」

こんな他愛ない静かな時間が好きだ。

編み物の道具を仕舞って、メイドさんにお茶を淹れてもらう。テーブルについて、お茶を飲みながらノクスと話す。しばらくしてシムオンもやってきた。料理長から焼き菓子をもらってきたと言ってメイドさんに渡し、テーブルに置いてもらう。

「美味しい～」

フィナンシェを頬張り、その甘さにうっとりした。

「顔が崩れているぞ」

シムオンのやつ、失礼な。料理長のお菓子は至高の逸品だから仕方ないんだ。

「セイの顔はどんな顔も可愛いよ」

「お前、ほんとブレないよな」

ちょっと待って、今、なに言ったの、ノクス！

「あ～あ、真っ赤だぞー、セイアッド」

そのあと俺はシムオンの足を蹴ってフィナンシェを独り占めしようとした。焼き菓子争奪戦になり、勝者はシムオンになった。エクラとも遊んで、公爵家滞在は平和に過ぎた。

ウースィク公爵の馬車と護衛、お付きの人を馬車の列に加えて父と俺、公爵とノクスは公爵家の馬車に乗った。トニ先生とシムオンはうちの馬車にそのまま乗っている。

父と公爵は俺たちのわからない談議で盛り上がっていて、俺はつい寝てしまった。父たちは悪いと思ったのか、午前中は外国の話をしてくれた。

その話には隣国、アナトレー帝国も含まれた。島がいくつもありそれぞれに領主がいる。ひと際大きい島が王領でその島々をまとめている海洋国家だ。王国とは海を挟んで隣同士になる。

攻略対象者で、留学をしてくる隣国の王子の国。

この国の人の肌は少し浅黒く、体格がいい。海神の加護を持つ者が多く、紺や水色の髪や目が多いそうだ。

「お魚！　お魚食べてみたい！」

「セイは食べ物のことになると目が輝くよね」

「父様！　美味しいものは人類の宝なんだよ！」

「セイ、落ち着いて」

ノクスがどうどうと宥めに回る。

「魚は干物でしかこっちには入ってこないけど、漁港に行けばいろいろな魚が食べられる。すぐに悪くなってしまうから、現地でしか食べられないんだ」

「そっかあ。冷凍するって言っても、運ぶときに解けちゃうもんね」

「冷凍？」

「うん。凍らせれば、もつでしょう？」

父と公爵が顔を見合わせる。

「凍らせて運ぶなどはしていないな。氷室《ひむろ》の氷を王都に運ぶくらいはするが」

「今は冷凍庫があるから運べなくもないか。もっとも生産数が足りていないから高価だが」

「あの冷凍庫やクーラーの発明は画期的だな。おかげで外交が上手くいったこともある。感謝しているよ」

なんだか二人で盛り上がり始めた。

「セイ、ああなると夢中になっているからほっとこう」

「うん。海を見てみたいなあ。行ってみた～い！」

「ロアール領から海のある街に行くには王都を通らないと、山が邪魔しているからね」

「そうなんだ～遠いんだね」

「大人になったら行けるかもね」

「ノーちゃん、連れていってくれる？」

「もちろん。セイが望むならなんでもする」

「嬉しいなあ」

そんな会話をしていたら、王都に着いてしばらくして隣国に行くことになっていた。一か月の短期滞在だけど、往復に時間がかかる。

「セイのおかげだ。お魚食べられるぞ」

どうやら父はビジネスチャンスを掴んだらしい。目が金貨マークだ。

「わ～い！　お魚！」

「セイ、魚ってどんなのかわかってる？」

え、知ってるよ。前世で散々食べた、ってこの世界では食べていないか。

川も海も魔物がいるから、漁業も命がけなんだよなあ。

「よく知らない。本では見た気がする」

「セイは通常運転だな。行ってみればわかるよ。海も湖よりずっと広くて深い。独特の香りがして塩辛いそうだ。実は私も海を見たことがない。王都と自領の往復だったしね。楽しみだ」

父は加護の魔法を農地にかけるから、それまでに帰らないといけない。なので王都での用事（税を納めることだった……）を済ませたらすぐに発つ手はずになっていた。

家庭教師さんたちとトニ先生とシムオンたちはその間王都で休暇になる。

騎士さんと使用人は一緒に向かう人と王都に残る人がいて、王都に残る人は伯爵家の用事をこなしてもらうんだとか。急に変わった予定なので母とヴィンにも手紙を書く。ノクスは公爵家にも。

「お土産買って帰らないとね」

「うん。僕もエクラと母上に持って帰らないと怒られるね」

「ああっ、そうだね」

殿下やロシェにもお手紙を出した。急なことで会えなくなったし。シムオンはトニ先生から聞いたようで出発の前に挨拶に来てくれた。魚を食べたいって言って帰った。

師匠は護衛として一緒に来てくれる。その間、鍛錬もしようということになった。そして料理長も同行することに。魚料理をマスターしたいらしい。

「父様、お船乗るの？」

「もちろん乗るよ。大きい船で馬も乗れる。隣国との間は常に両国の海軍が通航していて、魔物や海賊から守っているんだ。今の時期は嵐も少ない、穏やかな気候だから安心していい」

そうか、魔物や海賊かあ。海でシーサーペントとか、クラーケンとか、会いませんように！

馬車は外交用の公用のものに乗る。外交としての正式な訪問だからだ。でもなんで俺たち子供がついていけるのかわからないけど。

使用人はそれぞれの家の馬車。外交官付きの騎士と公爵付きの外交官補佐も連れていく。王都を出発して無事に王国の海の玄関口、ウオスタス港に着く。

「海が見えるよ！」

「綺麗」

青く輝く海に、白い壁にオレンジの屋根の建物ばかりが並ぶ港町。海鳥の鳴く声が聞こえる。

「変な匂いがする」

風が運んでくる潮の匂いにノクスが顔をしかめた。

「これが潮の匂いだよ。海水はしょっぱくて、飲めないんだよ」

公爵は何度も来てるんだろうなあ。

「お魚、食べられる？」

ぶはっと父が噴いた。

「美味しい魚料理を出す宿に泊まる予定だよ」

「やったあ！」

ノクスが耐え切れずくすくすと笑っている。

「お行儀よくしなさい」

笑いを我慢した顔で父が窘《たしな》めた。

「はあ～い」

この海の向こうにアナトレー帝国がある。

もしかしたら、王子に会うかもしれない。

攻略対象者、【リール・ブルスクーロ・アナトレー】に。

まずは宿に宿泊手続きをして、父と公爵はこの街の長に挨拶に出かけた。

俺とノクスは護衛の師匠と宿の部屋でお茶を飲んでいた。

少し高台の宿の三階の窓からは海が見えて潮風も入ってきた。もうすぐ夏を迎えるからか、空が抜けるように青い。その青い空を白い海鳥が群れを成して飛ぶ。海には小型の船が浮かび、港には大きな船が係留されていた。

「お船に乗るんだね。どんな感じかな」

「僕も乗ったことがないからね。楽しみ」

「俺は一度乗ったことがあるぞ。足元が揺れるんだ。酔うやつは酔う」

師匠の言う酔いはあれか。船酔いか。俺はあまり酔う体質じゃなかったけど、今はどうかな。

「酔う……」

「酔っぱらいの二日酔い状態ってやつだ」

「酔っぱらい……」

ノクスが不思議そうに呟く。

「酔っぱらい？」

「あー、まあ、乗ればわかるぜ。酔わないやつは酔わねえしな」

三半規管がしっかりしていればってやつだ。

「お魚早く食べたいなあ」

「セイはそればっかりだね」

「俺は、魚より肉だな」

「師匠は魚食べたことあるんだ」

「そりゃあな。川魚も、海のもな。海の魚のほうが生臭くはないけどな」

「生臭いの？」

「うーん、鮮度とか、料理法とかもあるんじゃねえか？」

「そうなんだ」

そんな話をして父たちを待った。帰ってきたのは夕方。

明日の出発になると話があって、いよいよ魚料理を食べられる時間が来た！

宿の食堂で夕食。一応高級宿屋だからか、お高いレストランみたいな雰囲気。白いテーブルクロスのかけられた丸テーブルに座って待つ。一緒のテーブルのメンバーは父と公爵と俺とノクス。ほかは家令が割り振ったみたい。お付きの人たちも一緒に食べる。外交官の人たちは別の宿だ。

いい匂いが漂う。やや深いスープ皿が置かれ、魚介類のスープが入っていた。ブイヤベースに似ている。パンが添えられて、ふわっと上る湯気に食欲がそそられる。

「うわ～」

「涎が垂れそうだぞ、セイ」

「それではいただこうか」

父たちはワインを傾けつつ、ブイヤベースをいただく。

よく冷ましてからまずスープ。濃厚な魚介の出汁が出て美味しい。

ああ、昆布や鰹節ってないのかなあ。和食が恋しい。

ホロホロと崩れる白身のお魚の身。でも硬くなく、生臭くもない。香味野菜も入っているから臭みがなくなっているんだろうね。

海老や貝も美味しい。添えられたパンをスープにつけて食べる。これも美味しい。パンにはペーストも添えられている。あっという間になくなった。

はあ、満足。

お魚料理はやっぱりお魚の味だった。今世で初めて食べた魚料理は味付けは違うのに懐かしい味がした。

「どうだ？　念願の魚料理は」

「美味しかった〜おうちでもたまに食べられるといいのになあ」

「うん。美味しかった」

「そうだね。それもこの旅で少しは改善できたら、と思っているよ」

にこにこと微笑む公爵はかっこいい。

父は素朴なイケメンで、公爵は都会的なイケメンに見える。なぜだろう。やっぱりノクスと似ているからかな？

「セイ」

「ん？」

ノクスに呼ばれて公爵を見ていた視線をノクスに向ける。

「僕、大きくなるからね」

「ん？　うん」

急になにを言い出すかと思ったら……大きくなるのは当然だよ。まだ九歳なんだから。

首を傾げていると、ノクスの頭に公爵の手が伸びた。

「そうだな。見ないうちにこんなに大きくなって。そのうち私の背も抜かれそうだな」

「ち、父上」

ノクスの顔が真っ赤になる。

「セイはあまり大きくなりそうにないかな」

「父様！」

一言多い！

◇◆◇　◇◆◇

アナトレー帝国へ向かう船は順調に進み、帝国の鳥羽口、ポルトゥス港に着いた。ここから帝国の用意した船に乗り、王都がある島に向かう。

「まだ船に乗るのか」

ぐったりした様子で父が呟いた。うちの連中はほとんど青い顔をしている。ケロッとしているのは公爵と外交官補佐のお役人たち。

慣れてるんだろうな。意外にも俺は大丈夫で、ノクスがぐったりしていた。

お迎えの役人が案内するのに従って乗り換え、日本の四国と本州の距離ほどの海を渡り、王城のある島に着く。

城塞が島の中心にあり、それを取り巻くように建物が並ぶ。白い壁の建物に色とりどりの屋根。奥の波止場には軍用なのか、大きな船も並んでいた。

船乗りたちは浅黒い肌を晒した素肌にベストのようなものを着て少し膨らんだズボンを穿《は》いている。洋画に出てくる海賊のような風貌にわくわくした。案内されるままに砦のような城に着き、滞在する客間に案内されて一息つく。

父と公爵と外交官は挨拶があるようで、俺たち子供と使用人は待機だ。

旅装を解いて挨拶をするかもしれないので礼服に着替える。

メイドさんが淹れてくれたお茶で気分が回復したのか、ノクスはやっと顔色が普通に戻ってきていた。

「ひどい目に遭った」

「僕はそんなじゃなかったけど」

俺がケロッとしているのが不満なのか、じと目で見られた。こんなノクスは珍しい。

「砦みたいな城だね」

「石造りだからかな。ロアール領は木のおうちが多いから違って見えるのかもしれない」

「んー、そうなのかなあ」

「父が言っていたじゃないか、潮風で物が傷むって。だから傷みにくい石なのかもしれないよ」

「あー、そうなのかもね。ノーちゃん、頭いい」

「頭いい……」

きょとんとしたノクスの顔に笑う。

部屋の窓からロアール領とまったく違う、ようやく嗅ぎ慣れた潮風が入ってきて外国にいるんだなと実感した。

夕食にお呼ばれし、正装で父のあとについていく。大きな長細いテーブルに言われるままつく。

筋肉質で体格のいい美丈夫と、精悍な感じのする美女、その二人によく似た十二歳くらいの少女と十歳くらいの少年、俺たちくらいの少年の五人がホストのようだ。

多分、この人たちが王族だろう。この場は略式の晩餐なのか、ほかの人たちはいないみたい。

ご挨拶をして晩餐が始まる。お魚尽くしのコースで、パエリアみたいのがあった。

米！　米だ！　米があった～～！

ひそかに大興奮していたつもりだが、ノクスにはお見通しだった。

食事のあと談話室に移動する。そこで初めて挨拶を交わした。

帝国の王族自らホストになってもてなしてくれた。俺たちと王女、王子も挨拶を交わす。王女は王妃にそっくりで、エネルギッシュだ。皆、紺色の髪に紺の目だった。これが王家の色なんだろう。

「オレはまったく王位に興味なくて、船に乗れればいいって思っているんだよ。うちの国の王は強い者がなる、みたいな感じだからな！　オレは強さは求めるけど王位じゃないんだ！　船だ！　冒険なんだ！」

ふんぞり返ってそう話すのはリール・ブルスクーロ・アナトレー。

釣りが得意そうな名前だ。快活そうな俺たちと同じ歳くらいの、後ろで髪を縛った浅黒い肌の少年は、この帝国の第二王子。留学してくるはずの攻略対象者だ。これで攻略対象者の宰相の息子を除いて全員と知り合いになった俺。

なんでだろう。主人公とのキャッキャウフフを遠いところで見ていたいくらいだったのに。ノクスの側にいるから、巻き込まれているのかなあ。

「言葉遣いが乱れていますわよ。それに誰もそんなことは聞いてないじゃありませんの」

扇子で口元を隠しつつおしとやかに言う一番年長の王女様。

でもそこはかとなく、強者の圧が感じられる。

「いつもは、『アタイについてきな！』って言ってるくせに」

ぼそっと第一王子が突っ込んだ。大人しそうな第一王子は二人の前だと霞む。苦労人なのかもしれない。

ガツ、と大きな音がして第一王子が向う脛を抱えてしゃがみ込んだ。

俺は、王女には逆らうまいと思った。心なしかノクスがやや俺を庇うような立ち位置にいる気がする。

なんというか、この国の人たちはエネルギッシュだ。船乗りというか、海賊やバイキングのイメージそのもの。某アニメ会社の海賊映画を思い出すよ。気圧《けお》されて及び腰になる。

「あの、晩餐の食事がすごく美味しかったんですけど、あの、炒めた海鮮に入っていた黄色い粒はどんな植物なんですか？　うちの国にはない気がしたので」

「ああ、あれですか。野菜で、サラダとかにも使うんですのよ。品種もいろいろあって料理によって変えたりしますのよ。オリュゾンと呼んでますの」

「それって輸出とかはしないんですか？」

「え？　あ、おほほ。そういうことは私の答える域を超えていますわ。貿易のお話でしたら、あちらの大人に」

王様と父たちを目線で示された。

「そうじゃなくて、わからないだけだろ」

ガツッ！

遠慮なく放たれたリールの言葉に、王女は足を蹴ると王のほうへ向かった。リールが第一王子と同じようにしゃがみ込んでうめき声を上げた。

「おほほほ。お父様～」

「逃げたよ」

「逃げたなあ」

王子二人の突っ込みが王女の背中を追いかける。

俺とノクスは顔を見合わせて苦笑した。

歓談が終わったあと、父にオリュゾンを輸入したい、できれば領で育てたいとお願いした。父は唸っていたが、考えてみるとは言ってくれた。

古代米やタイ米に近くても、米が食べられるなら俺は頑張る！　料理長に頼んどこう。

料理長も目を輝かせて聞いていたので乗り気だ。早速、父と王の許しを得て城の厨房にお邪魔できることになったそうだし。

城の客間は父の部屋と公爵の部屋の近くにもらった。俺とノクス、一人ずつ部屋をもらったけどノクスは案の定、俺の部屋にやってきて一緒に寝た。

疲れていたのでぐっすりと寝た翌朝、寝ていると部屋の外が騒々しい。

「ん〜〜」

騒々しさに目を覚ました俺は寝ぼけたまま起き上がると、ノクスがもう起き上がって、扉のほうを睨んでる。多分、メイドさんか騎士さんの声だな、聞こえるの。

「セイ、奥に行って着替えて。面倒なことになりそう」

「ん〜わかった」

寝ぼけたまま、顔を洗って（ちゃんと盥《たらい》が用意されている）クローゼットの陰で服を着た。服を着終わったところで扉が勢いよく開いた。

「海へ行くぞ！」

リールが部屋に入ってきて叫んだ。

ノクスが寝間着のままベッドを降りて、リールの前に立ちはだかった。なんだか目が据わっている。

クローゼットの扉を盾にこっそり覗くと、メイドさんと騎士さんたちが後ろでおろおろしているのが見えた。

「招かれた身だがここは一応、客の部屋だ。支度も整えていない客の部屋にいきなりノックもせず入ってくるのは、王子といえど礼儀を知らないと思われても仕方ない行為だ。外交手段にのっとって抗議させてもらうからそのつもりで。正式な手続きを取って誘ってくれ」

一気にノクスがまくし立ててリールを部屋から追い出し、鍵を閉めた。

「ノーちゃん、かっこいい」

「いや、その、この部屋はもともとセイの部屋だし。一体全体、あいつはどういうつもりなんだ」

「なにも考えてなさそうだから、単に遊びに誘いにきたんじゃない？」

「……」

閉められた扉の向こうで、リールがなにか言いながら遠ざかっていく様子が面白かった。

今朝の騒ぎは俺たちが今日とりあえず予定はないため、王子たちがもてなしてくれる話が王と父に先に通っていた。それを聞いたリールがそれなら海に連れていって遊ぼう！　と一人突っ走った結果らしい。

朝食を終えたあとに、メイドさんが持ってきた手紙には謝罪と改めてのお誘いが書いてあった。

「ノーちゃん」

「……殿下のお誘いをお受けしますとお伝えください」

ほっとした顔の使いの人はあとで迎えをよこすと言って帰っていった。

「海かあ……船に乗るのかな？」

「海岸を散歩、ですめばいいな」

あの王女と王子たち、ノリはいいけど、俺たちの感覚とちょっとずれている気がするんだよなあ。


「アタイについてきな！」

夕べは綺麗な縦巻きカールだった髪を編み上げにした王女が帆先に立って、海を指さしている。

服は男装。

今俺たちは船の上にいる。王女の愛船に強引に乗せられた。

体育会系の船乗りたちの巧みな操船で、王国とは反対方向の沖に出ている。

「姉さんの加護は海の神で、姉さんがいれば嵐はないと言われるほどの強力な加護なんだ」

どうも無理やり乗せられた感の強い第一王子が青い顔で解説してくれた。

俺は平気だけど、ノクスがまた青い顔をしている。

「僕も海の神の加護だけど、まだスキルはもらえる前の年齢だし、リールは加護の儀式の前だから、海に出ても加護の力はあてにできないんだ」

「そうなんだね」

もしかして第一王子は強烈な二人に挟まれる苦労人なのかな。王女とリールはどう見ても脳筋だし。今も釣り竿振り回してるし。

いや、名は体を表すんだね。リールついてないけど。

「お？　なんかかかった。げ、重い！」

「殿下！」

しなった竿の先がぐんと海に引き込まれて、バランスを崩してリールがよろけた。そこを船乗りの一人（護衛？）がリールの体を抱きついて支えた。

釣り竿にも取りつき、かかった獲物との格闘に入った。

攻防がしばらく続き、ふ、っと竿を引っ張る力が緩んだと思うと、海中からなにかが飛び出してきた。

青い顔していたノクスがさっと俺の前に立った。

「クラーケンだ！」

「マジか！　なんで釣り竿に！」

「この辺の海に出たって兆候は聞いてないぞ」

船乗りたちが口々に愚痴りながらも対クラーケン戦の準備をしている。

帆先にいた王女がいつの間にか、竿を持っているリールの側に立っていた。

「大物釣ったじゃない」

「まだ、釣り切ってない」

リールはむっとした表情で王女をちらっと見る。釣り竿を持っていかれないように支えているだけで精いっぱいのようだ。

「仕留めるわよ」

「……頼む」

王女がなにかを唱え始めると魔法陣が周囲に浮かぶ。

魔法陣の光が王女を照らして、片手を挙げた王女がなにかを掴む。すると、三つ又に分かれた巨大な銛《もり》がその手に出現した。

船ほどもある巨体のクラーケンが口にかかった細い釣り糸を切ろうと海面をせり上がった。

その瞬間、その巨大な銛《もり》をクラーケンの眉間めがけて投げる。

当たった瞬間、低い唸り声が聞こえ、巨体が沈んでいった。

「うおおおお！」

「さすが、殿下！」

「引き揚げろー！」

「大漁だ！」

「うふふ」

「ありがとう」

「どういたしまして」

意外と姉弟仲はいいのかもしれない。

港に戻ったら大騒ぎ。

クラーケンは海で出会ったらワイバーン並みの危険な魔物だ。本来なら死を覚悟しなければいけない。でも、王女はあっさりと退治してしまった。強力な加護によって。

これが加護。

ワイバーン討伐のとき、聞こえた声。あれは俺に加護を与えてくれた、神様の声なのだろうか。

あの金色の光は神様の力だったはず。

リールは俺たちと同い年で九歳と聞いた。

第一王子はもうすぐ十一歳になるそうだ。

加護の儀がますます楽しみになった。どんな加護がもらえるのかな。

あの神様の声がもう一度聞けるのだろうか？

「海の神の加護、すごいな」

「ノーちゃん復活した？」

「なんとか」

ノクスは船に乗ってから口をきけないくらい船酔いが辛かったみたいで、今も顔色は真っ青だ。

「セイ、目がクラーケンに釘付けなんだけど、もしかして」

「うん！　すっごく美味しそうだから、美味しく調理して食べさせてもらえないかなって……」

クラーケンは巨大なイカなんだよ！　どう見ても！

その後、クラーケン祭り会場になった港で民にクラーケン料理が饗された。うちの料理長も参加して屋台を出した。もちろん味見させてもらったよ！　てんぷらやフライにしてもらった！　美味しかった！　あ、もちろんほかの郷土料理も美味しかったよ！

「日焼けした……」

はしゃぎ回った俺は肌が赤くなって火傷《やけど》みたいになった。メイドさんが大騒ぎをして治癒師を呼ぶまで外出禁止だ。色が白いから赤くなって終わりで、黒くはならないみたい。

あれから毎日、王女と王子たちに海だ、鍛錬だ、勉強だと連れ回されたその結果だ。船に何度も乗って、ノクスはとうとう酔わなくなった。

「大丈夫？　セイ」

心配そうにしているノクスに笑顔を返す。

「大丈夫！　すぐ治療してもらえるし」

季節は春からもう夏に移っていて、海に出ると照り返しがきつい。

この国の人の浅黒い肌の原因がわかったよ。

「ちょっと大人しくしているから、ノーちゃんは出かけていいよ？」

「なら僕も大人しくしているよ」

「できるかなあ？」

「ん？」

バンと扉が開けられて、リールが入ってきた。

「日焼けで火傷《やけど》したって？　やわだなあ、セイアッド」

「ノックして入ってこいと毎回言っているだろう？」

ノクスがすっと立ち上がって、俺の前に陣取る。

「いちいちうるさいなあ、お前は俺の母ちゃんか」

「僕はそれほど強くない」

「確かになあ。ノクスは別に大丈夫なんだろ。お前だけでも来い」

リールはノクスの腕を掴む。

やりとりを見ていた師匠が口を挟んだ。

「俺がついているから大丈夫だろ。行ってきな」

「師匠！」

ノクスがリールの護衛騎士に抵抗むなしくずるずると連れられていった。

「いってらっしゃ〜い」

俺はしばらくできなかった編み物を始める。そのあと料理長のところに顔を出した。魚料理のレシピは着々と料理長のものになっているらしい。ソルベの作り方やこの国ではあんまり食べられていない肉料理のレシピなどと交換してもらっているとか。

父と公爵はどうやら成果をあげたようで、凍らせた海産物の有効性をわかってもらえたらしい。

魔道具の輸出も決まったそうだ。大きな冷凍コンテナの発注を受けて、父は目が金貨で輝いていた。

氷魔法は海の神の加護でも使えるようだ。船で北に行くと氷山とかがあって、そのことを思い出して、ということだった。海も凍るからね。

この国に滞在するのはもうそろそろおしまい。

王都に出発する日が近づいて王女が時折、手芸を教わりに来ていた。女子力を上げたいのかな？

でも王女、不器用なんだよな。魔法を制御するのも力技は得意で、繊細な制御になるととたんに成功率が下がる。

「セイはお婿に欲しいくらい刺繍の腕があるわね」

「絶対にやらない」

「ノーちゃん……」

冗談だろうに、なにをそんなに睨むんだか。

「心の狭い男は嫌われるわよ」

「う……」

「おーほっほっほ」

出発の日、城の人たち総出で見送ってくれた。いい人たちばっかりの国だ。冷凍した魚もいっぱいお土産に持たせてくれた。王都までもったら、新しい流通の始まり。

「元気で！」

王女が涙ぐみながら手を振っている。

「また来てください～」

「また来いよ～！」

王子たちも手を振ってくれた。ウオスタス港へ出発する船に乗り込み、船上で手を振った。

俺も少し涙ぐんだ。すっとノクスが差し出してくれたハンカチで鼻をかむ。ノクスも少し涙目だった。

「星宵《ほしよい》」ではノクスは子供時代、友人ができなかったみたいだった。

でも今は少なくとも俺が、そして攻略対象者たちとこの国の王女と王子たちはノクスの友人だ。

アナトレーの人々はノクスの黒い髪と目に忌避感を持っていない。第二王子殿下《ヘリスウィル》もあのあと、気にしなくなった。

よかった。友人ができれば、魔王になる可能性はぐっと低くなる。

頑張ろう、と俺は改めて思った。

第七章　祝福の儀と最後の攻略対象者！

「オメガバースって言ってね！　海外発のＢＬ設定なのよ！　けなげなオメガ受けが可愛くて」

「五百円です。ありがとうございます」

「はあ、この本は神だわ」

「ねえ！」

はなは友人と一緒に手を取り合って騒いでいる。

ごめんなさい、お隣の人。そして、美少女エロが好きな俺にＢＬを勧めるな。

「興奮するのはいいけど、お客さんにはちゃんと接したほうがいいよ。買うのは、はなの作品のファンなんだろう？」

「一平が対応したほうが喜ぶもの。地味イケメンだから」

「はあ？　なんだそれ」

「ねー！」

「ねー！」

「はあ。まあ、いいけど」

はなは俺に「星宵《ほしよい》」を勧めてくれたオタク仲間だ。最推しがノクスなんだが、二次創作では次に推しているキャラ同士のカップリングを描いている。最推しが尊すぎて、手が震えて描けないらしい。

俺はいつもイベント（同人誌即売会）に力仕事をさせるために引っ張り出されて、結局売り子も手伝っている。今日も売り子だ。

はなの本名は星野《ほしの》華《はな》。自分の名前がタイトルに！　と思って乙女ゲーム「星宵《ほしよい》」に手を出したらしい。

「いやー、そこそこ売れてよかったわ。二人に奢る。打ち上げして帰ろう」

「ごちになります！」

「ごちになります！」

はなの友人と一緒に言った。

混んでいなさそうな、地元のファミレスに入った。最近の俺はドライバーだ。

「え、子供が産めるの？　それって性別男子の意味あるの？」

「あるに決まってるでしょー！　男でも、子供を産めるからいいのよ」

「結ばれてハッピーエンドよね」

「運命の番《つがい》っていいわ〜」

「はいはい」

「アルファがスパダリ、オメガが不憫《ふびん》受け」

「なんで不憫《ふびん》がいいんだよ」

「アルファが優秀で、オメガが劣等なのよ。虐げられる運命なの」

「狼の群れ社会がモデルらしいから発情期もあるんだよね。オメガが発するフェロモンに興奮したアルファがオメガを……」

——ああ、これは夢だ。

懐かしい夢。俺はいつもはなのサークルの売り子を手伝ってた。

はなとは中学から一緒で、付き合いの長い友人だった。アニメが好きっていうところから始まって、はなが二次創作するようになってからはイベントに付き合うようになった。

つーかさ、男にBL連呼するって、今思うと困ったやつだよ。俺になに求めてるんだ。腐男子じゃなかったのに。そりゃあ、ノクスが最推しになったけど。今も最推しだけど。


「セイ、もう起きないと……」

「うわあ⁉」

思わず飛び起きた。

「はー、びっくりした。ノーちゃん、おはよ」

「おはよう。もう朝ごはんの時間だよ」

ああ、最推しの笑顔。ごちそうさまです。

「どうしたの？　まだ眠いの？」

チュッと額にキスが降る。

やだな、あんな夢見ちゃったからちょっと意識する。よくよく考えたら、この距離感は少しおかしいだろう。

俺とノクスは十歳を迎えた。

とりあえず、宣言は今年最後にする。

トニ先生に教わる最後の冬がもうすぐ終わる。

ヴィンの誕生日が過ぎれば、王都に向かう。

十歳の祝福の儀だ。

ノクスとはまだ一緒に寝ている。でも、ノクスが十歳になったとき、父とずいぶん長い間話していたのを知っている。

そして俺も、一人でなんでもできなきゃいけないと十歳の誕生日を迎えたあとに言われた。

マナーの先生を交えて、これから経験するであろう、貴族社会のお茶会や付き合いについても。

ノクスは寄り親である公爵家の嫡子で俺とは身分の差がある。そこは幼馴染といえども公的な場所ではわきまえること。

ほかの子息とは適切な距離を空けろとか、なんだかね。男に対する注意事項じゃないんだよ。なんか微妙に……もやもやするなあ。

「ううん。起きる。お腹すいた」

「今日の朝は焼き魚とオリュゾンだって」

「やったあ！」

「セイ、早く着替えないと」

「はっ」

焼き魚に気を取られて、夢のことはすっかり頭から飛んでしまった。

◇◆◇　◇◆◇

王都の教会にたくさんの人が詰め掛けている。

十歳の祝福の儀に参加する人たちだ。

平民は地元の教会で受けるけれど、貴族の子女は王都の教会で受けるのが慣例になっている。そこからいろいろな貴族的社交が始まるらしい。

夜会や晩餐会には十五歳から参加するけれど、子供同士の社交自体は十歳から始まる。

もうすでにひとつは決まっていて、それが王子のお茶会。

王族は十歳を迎えた子女の側近や貴族の子供同士の知己を作るために開かれるらしい。俺もノクスも招待されている。そのこと自体は第二王子のヘリスウィル殿下からの手紙でも知った。

殿下はめんどくさいと書いていたけど、責任もあると王族らしいことも記していた。

王都の平民の子供は、平民街にある教会の支部で行われるらしい。

少なくとも、今この会場にいる子供たちは皆身なりがよく、付き添いの者も立派だった。

今日は父とウースィク公爵が一緒だ。護衛は師匠だけ。ほかは遠くから見ているらしい。隣には、ノクス。前に祈りを捧げた水晶がある場所で、一人一人行うようだ。他人に加護を知られるのはよしとしないので衝立が置かれ、なんの加護を授かったのかは本人と家族のみが知る。

「すっごい人」

「迷子にならないように手を繋いでおくか。セイ」

父が手を握る。そうしたらノクスにも反対側の手を握られた。

肩を震わせている公爵がノクスの手を握って微笑んだ。

「迷子にならないようにしようか、ノクス」

「はい」

ちょっと嬉しそうなノクスにほんわかしている間に列は進んでいく。礼拝堂に入るとベンチに座って順番を待つ。ある程度空いたら前のベンチへ、という感じだ。

「衝立の後ろでなにしてるのかなあ」

「大きな水晶があっただろう？　あれに触れるんだ」

「触ってどうするの？」

「触ると加護がわかるんだ」

「え、触っただけで？」

「加護があれば光るんだ。その光の色で、ある程度加護が推し測られるから、ほかの人に見えないよう配慮されているんだ」

「髪や目は加護の色が出やすいから、内緒にしたいと思ってもできない人もいるけどね」

くしゃっとノクスの髪を乱しながら頭を撫でた公爵は笑って言った。

「私もそうだな。豊穣の神の加護が生まれたときからあるとわかった例だ」

「んん？　わかっているなら内緒にするのは？」

「個人の情報だからね。内面を覗き見られるのはいい気持ちがしないだろう？」

なるほど、それはそうだね。かなりの時間が経って俺の順番が来た。

「先に行ってくるね！」

「うん。いってらっしゃい」

笑って手を振って、見送ってくれた。ノクスの順番は次なので、衝立の前にスタンバイしている。

衝立の裏側に入ると神様の像と大きな水晶玉。水晶玉の側に、神官さん……じゃない司教様が立っている。

「水晶に手を触れて祈ってください」

祈るのか。

神様、ノクスの加護がいい加護でありますように。

『自分の加護はいい加護じゃなくていいの？』

別に気にしないし、魔力があれば……ん？

『改めてこんにちは。月の神と呼ばれているのは私だよ』

目を開けると俺は別の部屋にいて、神様は椅子に座って手を振っていた。

俺も椅子に座って、テーブルを挟んで対面している。

月の神様はとっても美しい、なんというか中性的な人だ。

髪と目の色は俺と同じだった。頭が動くと長い艶やかな髪がさらりと流れる。

俺に似ている？

違う、俺が神様に似ているんだ。

『うん。私の神子《みこ》だからね。神子《みこ》っていうのは神に愛され、神の言葉を聞ける者のことだよ』

えっ、俺が？

『ロアール領の森の奥に神殿があるから一度訪ねておいで。もともとロアール領は私と夜の君を祀る土地だからね』

ええ？　豊穣の神じゃないの？

『あの子は私が大好きで、私を崇める民に力を貸しちゃうんだよ。ロアール領の領主の一族は私の神子《みこ》の血筋なんだ。時折、君のような髪と目の色を持つ者が現れる。それが神子《みこ》の印。そうでない領主になるべき者に、豊穣の神は力を与えているんだ』

じゃあ、ヴィンは次の領主？

『そう、豊穣の神は思っているね』

え、俺、神殿に勤めなきゃいけないとか？

『自由に生きていいよ。でも、夜の君を助けてほしくはあるかな』

夜の君って……

『時間だ。また会おう』

すっと意識が落ちる気がした。

「……セイ。セイ」

はっとして目を開ける。

「もう、終わりましたよ」

司教が、プレートのようなものを父に手渡した。

「セイ、出よう」

父に連れられて衝立の外に出る。

どうやら、神様とのやりとりは一瞬の間だけだったらしい。

「次は別の部屋に向かっていただきます」

「あ、あの！　次の子は僕の友達なの！　一緒に行っていい？」

「わかりました。では少し待ちましょう」

「ありがとうございます！」

そして、ノクスが終わるのを待った。俺の心は、混乱していた。

しばらくしてノクスが公爵と衝立から出てきた。

「ではご案内します」

神官の案内についていく。どこに行くんだろうと、父の袖を引っ張った。

「どこに行くの？」

「神官による第二の性の説明会があるんだ」

第二の性？

「大事なことだからしっかり聞いてきなさい。控室で待っているから」

「うん……」

「僕がついてるから」

「うん。ノーちゃん」

神官の案内で部屋に入ると大学の教室みたいなところで、祝福の儀を受けた子供たちがたくさんいた。その先の壇上に神官が二人立っていた。

俺たちは空いていた席に座り、壇上の神官のほうを見る。

どうやら俺たちのあとに一人入ってきて、席が埋まった。

「では始めます。皆さん、こんにちは。祝福の儀を受けられ、これから大人になる皆さんに大切なお話があります。皆さんはご両親がおられるかと思いますが……」

あ、これ保健体育の時間と一緒だ。この世界では小学校はないから神官が教えるのか。

一般的に男女の子供がどうして生まれるかの話をして、俺はそれで終わると思った。

「さて皆さんはアルファとベータ、オメガという言葉をちらりと耳にしたことがあるでしょう。ここにいる皆さんはアルファとオメガのご両親から生まれた人がほとんどです。先ほど、女性から赤ちゃんが生まれる話をしましたがもうひとつ、重要な性があります。アルファとオメガのご両親からしかアルファは生まれず、ベータはベータ同士のご両親からしか子供は生まれません。オメガはどの組み合わせでも生まれる可能性があります。ただ、ベータからオメガの生まれる可能性は二千人に一人、いるかいないかです。アルファはアルファとオメガのご両親からは必ず生まれます。また、オメガの生まれる確率は二人に一人です」

部屋の子供たちがざわざわしている。俺の心もだ。

「また、男性のオメガも子供が産めます。男性のオメガはベータの女性と、またはオメガ同士とでは子供を産めません。男性、または女性のアルファを伴侶にしなければ子供を産めないのです。女性のアルファも子供は産めませんので、オメガの男性か女性を伴侶にします」

これって、オメガバースってやつじゃない？　はなの言っていた、あの……どうして男が子供を産めるんだって疑問に思ったやつ。

「第二の性は十三歳から十八歳の間に現れます。そのときは教会に来て鑑定を受けてください。特にオメガ性は発情期というものがあり、非常にトラブルが起こりやすいのです。そのことに関しては鑑定時に詳しくお話ししましょう。またご両親からお話を受ける場合もあるでしょう」

それから注意事項を聞いて、話は終わった。

どういうこと？　この世界、オメガバースの世界なの？

それじゃ、俺は男だけど、オメガなら子供を産む可能性ってあるかもしれないってこと？

混乱してノクスの顔を見た。俺のように驚いたりはしていないの？

俺の視線に気付いて、ノクスが俺を見る。

「大丈夫？　セイ」

「うん。大丈夫」

ノクスが手を引いてくれて、なんとか歩けた。

「セイ、大丈夫か？　青い顔してるな」

父が控室から出てきた。公爵も。

節度と言っていた、父の声をふいに思い出した。あれは……

「冒険者」

小さな声で呟く。

オメガバースのことはいったん忘れたい。楽しみにしていた冒険者登録に行くんだ！

「うん？」

「冒険者ギルドに行く！」

「ああ、約束してたな」

師匠が思い出したように言った。

「ノクスも？」

公爵がノクスに聞くとノクスは頷いた。

「では、馬車に戻ろう」

乗ってきた馬車が迎えに来て、皆で乗り込んだ。

「セイ、その、聞いてくれ」

「なあに？　父様」

「セイはオメガだ。アルファにはあまり近づかないほうがいい」

「鑑定受けるまでわからないんじゃないの？」

「あーその、セイの髪と目の色をした者が時々うちの家系に生まれるんだが、全員オメガなんだ。男性でも、女性でも。間違いなくセイもだ。体つきも、アルファにしては小柄だ。オメガの特徴がある」

「ノーちゃんは……」

「ノクスはアルファの可能性が高い。アルファの特徴も持っている」

「えっ」

父はノクスと俺の距離を離そうとしていた。

そうか、男女という目で見ていたなら、当然かもしれない。俺は貴族の令嬢扱いになるんだから。男性パートを踊らせてくれなかったのも、必要ないってマナーの先生が知ってたからだ。

……そう、なんだ。

いや、鑑定受けるまでわからない。

俺は男なんだ。子供を産むとか、あり得ない！

「ぼ……俺、体鍛える！」

「え？　俺？　セイ？　え、鍛えてる、よね？」

「そんな冷静に突っ込まないで！　俺はきっとアルファなんだ！　オメガじゃない！」

「は？　いやいや、セイ、それはない」

父が真っ向から否定した。

「父さんの馬鹿！　俺はアルファなんだ！」

「セイ、オメガが嫌なの？」

え、ノクスが寂しそうな顔で聞く。

ノクスは俺がオメガのほうがいいの？　どうして？

「だって、俺は男だもん！　男なのにどうして子供産むんだよ⁉　おっぱいもないよ⁉　どうやって子供にミルク飲ますの⁉」

「あー、そういえばオメガは女性しか見てないな、二人とも……」

失敗したという顔で父が呟いた。

「セイ、オメガだったらどうするの？」

「絶対、アルファ！」

ノクスが両手を握って真剣な顔で見つめてくる。

「ぼ……私は、セイがオメガだったら、伴侶に迎えたい」

はい？

「ダメかな？」

それって？　伴侶って結婚したいってこと？　俺は男なのに？

「ぜ、絶対、アルファなんだから」

男同士なんて無理！

「もしも、セイがオメガだったら結婚申し込んでいい？」

もしも？　オメガだったら、どうしよう。

ノクス以外の男から求愛とかされたらどうしよう？　絶対無理！　百パー無理！

「……百パーないと思うけど、オメガだったら、考えないこともない」

ノクスの悲しそうな顔に、つい、勢いがそがれた。

俺がオメガで、どうしても男と結婚しなければいけないとしたら？　ノクスだったら、大丈夫？

「わかった。約束だよ、セイ」

あれ？　これ、丸め込まれてるんじゃね？

「返事は？」

ノクスの真剣な顔に押される。ごくりと喉が鳴った。

「……わかった。男の約束、だな」

「そうだよ。男の約束」

にこっと笑ったノクスの顔に見惚れた。最推しだからだ。そう、最推しだから見惚れたんだ。

あ、視界の隅で、父が頭を抱えてる。

公爵はノクス似の顔でにこにこしていた。

その日から、俺はちょっと荒い言葉遣いになった。男らしさを演出しようとする浅知恵だった。

わちゃわちゃしてしまったあと、少し不機嫌な父を横目に、笑いを我慢しているような師匠とちょっと機嫌がよさそうなノクスと冒険者ギルドに向かった。

念願の冒険者登録だ。

この国にも転生ファンタジーの定番、冒険者ギルドがある。

十歳から見習いに登録できて十二歳から本登録になる。十二歳にスキル鑑定があるからだ。それまでは討伐依頼は受けられない。

戦闘向きのスキルが得られればよし。そうでなければ見合った職業に転職していく。

加護を得た時点で冒険者になった者は基本冒険者向きの加護なんだけど、スキルは経験を蓄積して得る者が多い。

冒険者向きの加護なのにスキルがなかったり、生産者向きのスキルだったりすると冒険者を諦める者が多い。そこそこの冒険者にはなれるけれど、上の階級に進めないからだ。

前に、魔石に魔力を充填するのをやってもらった下働きの子はただ単に見習い登録して生活費を稼ぐ依頼を受けていただけなので、そういうこともある。

加護はスキルを得やすくするから、まず加護に向いた職業の見習いになる。それからその職業に向いたスキルを得て、本業にするのがこの国のシステムのようだ。

貴族はしきたりやしがらみなどいろいろあるから、そう上手くはいかないこともあるけれど、基本はそう。

もっとも貴族は魔力量にこだわるから平民の事情より複雑なんだけどね。

王都の冒険者ギルドは、王国内の冒険者ギルドを束ねるいわゆる本部。各街や村などにあるギルドは支部のようなものなんだって。

初めて入った冒険者ギルドはまるでお役所のようだった。

酒場もない。

あっれ～？

同じような年齢の子供たちが溢れる中を師匠がずかずかと歩いて受付に向かった。どうやら前もって話を通してくれていたらしい。別室で手続きをとることになった。

登録には祝福の儀でもらったステータスプレートを使うんだって。

出たよ、ファンタジーの定番、ステータスプレート。

でも名前と加護しか書いてない。

……と思っていたら、スキル鑑定を受けるとここに書き込まれるんだって。称号も。

俺のプレートには俺の名前と【加護　月の神】【称号　月の神の愛し子】と書いてあった。

月の神。

『セイは、月の精みたい……』

かあっと顔が赤くなる。

なんで今頃、思い出すの！　月の精じゃなく、神子《みこ》だったけど。

ノクスのプレートにはノクスの名前と【加護　宵闇《よいやみ》の神】【称号　ドラゴンスレイヤー】の文字。

宵闇《よいやみ》の神の加護は珍しい。闇の精霊も珍しいけど。

あれ？　ゲームでは闇属性としか出てなかった気がする。でもタイトルは「星と花と宵闇《よいやみ》と」だよな。ゲーム中でも「宵闇《よいやみ》の貴公子」とか呼ばれてたってテキストあったし。

俺の知らない設定があったのかな。

そもそもノクスルート、始めようとした矢先に死んだみたいだし。

神様がご褒美でこの世界に転生させてくれたんだろうな、と思うけど。

そのあと、血を垂らしたギルド証ももらった。通常の手続きはこのギルド証で行う。キャッシュカードみたいに依頼料を貯め込むこともできて、どこのギルドでも引き出せる。

ステータスプレートに【職業　見習い冒険者】と新たに刻まれた。

実際に依頼を受けるのは領に帰ってからだ。

「ノーちゃん！　冒険者だよ！　冒険者！」

「うん。よかったね。セイ」

師匠が肩を震わせている。

あ！

「俺は冒険者になったんだ」

とちょっとカッコつけて言ってみる。

ノクスが顔を背けて肩を震わせた。

「もう、ノーちゃん呼びやめる!!　ノクスって呼ぶ!!」

「わかった。ぼ……私はセイでいいのかな？」

「い、いいよ。ノー……ノクス」

「うん」

「お前らイチャイチャしすぎだろ」

「してない！」

「してないの？　セイ」

にこっと微笑まれると見惚れちゃうからやめて！

「それではこれで手続きは終わりです」

ギルドの受付嬢の口の端がぴくぴくしてた。

あーもー！

「父様！　ほら、冒険者になったよ！」

馬車に戻って得意げにギルド証を父に掲げて見せる。

「危険なことはしないように」

「街の雑用から始めなさい」

父と公爵から釘を刺される。

討伐系は十二歳のスキル鑑定の結果次第。戦闘系のスキルが出ますように！

◇◆◇　◇◆◇

それから一週間後、王家のお茶会に参加した。

同じ年の貴族の子供が勢ぞろいする一大イベントで王宮の庭園が会場になる。親と一緒に出席するが、親と子供はテーブルが分かれてしまう。

今回、王族の十歳は第二王子殿下、ヘリスウィル・エステレラ。彼がホストだ。どんなお茶会になるのだろう。俺は側近とかに興味ないから片隅のテーブルで美味しいお菓子だけいただいて帰りたい。どうせ、俺はモブなんだから。

お茶会の当日はノクス親子と一緒にお茶会にやってきた。周りは俺たちと同じような親子ばかり。招待状を渡して案内される。親は控室に、俺たち子供は庭園に。

ノクスと一緒に庭園の会場に出た。周りは色鮮やかな花の洪水。その花に囲まれた庭に配置されたテーブルの数々。そこにはすでに何人もの招待客が席についていた。

どうやら席も決まっているらしい。

俺とノクスは同じテーブルみたいで、奥へと案内される。

テーブルの間を歩いているときにノクスを見て、眉を顰《ひそ》める子供がかなりいた。

ノクスの髪と目の色は誰も持っていなかった。そして俺の色も。

案内されたテーブルは六人掛けで俺、ノクス、ロシュ、シムオン、そして知らないメガネ男子がいた。ひとつ空いているのは殿下が各テーブルを回ってお声がけするからだという話だ。テーブルにはすでに軽食とお菓子の皿が置いてあった。

俺たちが席に着くとお茶が淹れられた。カップを置いて給仕が去っていく。お茶とお菓子は王子が来る前でもいただいていいらしい。

「久しぶり、セイ、ノクス」

ロシュがにこにこして言う。

あれ？　ロシュの背、結構伸びた気がする。

「久しぶり、ロシュ、シムオン。えっと、セイアッド・ロアールだ。よろしく」

「久しぶりだな。ロシュ、シムオン。初めまして。ノクス・ウースィクだ」

薄黄緑の髪と目を持つメガネ男子に俺とノクスが自己紹介をすると、その子が挨拶を返した。

「初めまして、フィエーヤ・ウェントゥスだ。よろしく」

くいっと眼鏡を押し上げつつ、眼光が鋭く見据えるおかっぱの子。

ん？

ちょっと待って。

【フィエーヤ・ウェントゥス】って宰相の息子の名前！

これで全部の攻略キャラに会ってしまった！

フィエーヤはちらっと俺とノクスを見たきり、特に表情を変えずに前を見つめている。

「ロシュ、お菓子食べた？」

俺は、カップを持ち上げて紅茶を一口飲んだ。薔薇の香りのするフレーバーティーだ。

「美味し〜！」

「美味しい」

ノクスも一口飲んで頷く。

「まだだよ。皆そろってからがいいと思って。殿下は入口のほうのテーブルから回るって話だったから、ここに回ってくるのは最後だよ」

「じゃあ、食べようよ！」

そう言ったとたん、テーブルの間に立っていた給仕係のメイドさんが三段スタンドに載っている一番下の皿を皆の前においてくれた。アフタヌーンティーみたいな方式。その皿のサンドイッチに手を伸ばして食べた。生ハムとチーズが挟んである。

うん。美味しい。

メガネ男子、もといフィエーヤはサンドイッチを満足そうに咀嚼していた。

お腹空いてたのかな？

「多分、このテーブル分け、意味あると思うぞ」

「ぼ……私もそう思う」

「なんだよ、ノクス、その話し方」

シムオンが突っ込んだ。

「セイが話し方変えたから」

俺のせいなの⁉

「そうだよ。シムオン！　俺はワイルドになるんだ！」

「似合わねえ」

シムオン辛辣だな！

「そうなの？　セイ、無理してない？」

ロシュに心配そうに見られた。

「してない！　もう十歳だから！」

「そうなんだ。僕はあんまり十歳になった実感はないな。加護がわかっただけだし」

「ぼ……俺は冒険者登録したよ」

「え？　セイが？」

「ノクスも」

「ノクスを名前呼び⁉」

ロシュとシムオンが同時に言った。

「もう、十歳だからだよね？」

ノクスが言ってくる。最近ノクスはよく俺を揶揄《からか》う。

「君たち、顔見知りなんだ？」

「うん。そうだよ。縁があってね」

ノクスがフィエーヤに言うと、彼は頷いてサンドイッチを頬張った。

次の瞬間、ざわりと会場が色めき立った。入口のほうを見ると殿下がいた。

ホストのお出ましだ。

満を持して登場の第二王子殿下はきらきらした金糸の刺繍を施された白の正装を着ていた。

ダブルボタンで腰を覆うくらいのロングの上着、詰襟で襟と袖と裾に刺繍がしてある。靴は白の革靴だ。白馬に乗っていたらまんま、白馬の王子さまだ。

令嬢たちが色めき立っている。入口から一番近くのテーブルに挨拶をして着席。歓談を始めたようだ。周りのテーブルにいる令嬢や令息はちらちらと殿下に視線を送っている。

「殿下が王子だ」

「王子に決まってるじゃないか」

シムオンの突っ込みが冴える。

「セイはいつも殿下に対して結構辛辣だよね」

僕がぼそりと言った言葉にロシュが笑う。

「殿下はぼ……俺に対して喧嘩を売ったからね」

「セイ……」

「相変わらず、ノクスもセイアッドも通常運転だな」

「殿下とお知り合いなんだ……」

フィエーヤは目をぱちぱちっと瞬かせて呟いた。

そうだ。ゲームではフィエーヤは父親から殿下の第一の側近になるようにと言い含められていて、それがプレッシャーになっていた。

本人は内気でなかなか殿下と打ち解けられなかった。それが主人公の橋渡しで、殿下の信頼を得ていき、自分に自信が持ててプレッシャーからも解放される。自信を持った時点で使えなかった固有魔法が使えるようになり、主人公と協力して魔王を倒す。そして主人公と結ばれる。

もしかして、このお茶会で殿下と仲よくなれって言われてるのかな。

「僕は直接はない。この二人から話を聞くくらいだ」

シムオンは俺たちを目線で示した。

「僕は、何度か王妃様主催のお茶会でお会いしたよ。あとはセイたちを教えている剣聖先生に父が頼んで教えてもらった関係で、顔を合わせる機会が多いかな？　僕はセイと仲いい感じ？」

ロシュが小首を傾げて言う。まだムキムキにはなっていないので可愛らしい。

俺はこくこくと頷く。

「どちらかと言えば仲は悪いな」

「ノクスは殿下と仲いいでしょ？」

「セイ……」

「そうなんだ。知らなかったな」

ロシュが生温かい目で俺を見て、シムオンが素直に頷く。

「そうか。仲がいいなら、紹介してもらえればと思ったんだが……」

そう呟くとフィエーヤは息をふっと吐き出す。

「ここに来たときに話しかけてくれるから、おしゃべりはできると思うよ！」

「私も別にあいつと話す必要性がないから、積極的に話しかければいい」

「僕も別にこれ以上親密になる必要はないかな」

「僕は普通に挨拶して終わればいいと思っている」

皆が畳み掛けるように言うので、メガネ男子……フィエーヤは驚いた顔をした。

「第二王子殿下と仲よくならないでいいのか？」

「別にもう知り合いだし」

「そうだな」

「僕も」

「特に仲よくなる必要はないと思っている」

フィエーヤは息をゆっくりと吐き、緊張の解けた顔で笑った。

「そうなんだ。失礼のないようにとか仲よくならなきゃって思っていたけど、そんな感じでいいんだ」

彼はほっとした様子で紅茶のカップを持ち上げて飲む。

「そうだよ。フィ……フィーが殿下と仲よくなりたいなら応援するから！」

「そうだな。それは私としても都合がいい。ぜひ殿下と仲よくなってほしい。全力で応援する」

「ありがとう。セイアッド、ノクス」

「ノクスは私情駄々洩れすぎるだろ。でも僕も微力ながら協力する」

「僕も応援するよ。頑張ってね」

「ありがとう。シムオン、ロシュ」

そして、和やかに殿下が来るまで話をしたのだった。

かなりの時間が経ってから、殿下はやっと俺たちのテーブルにやってきた。

「来てくれてありがとう。ヘリスウィル・エステレラだ」

「お招きありがとうございます。ノクス・ウースィクです」

「お招きありがとうございます。セイアッド・ロアールです」

「お招きありがとうございます。ロシュ・フェヒターです」

「お招きありがとうございます。フィエーヤ・ウェントゥスです」

「お招きありがとうございます。シムオン・トニトルスです」

マナーなので名乗りを上げた。

「皆、楽にしてくれ」

殿下が座ると、紅茶が淹れられる。

殿下は何杯のお茶を飲んだのだろうか。

「お茶とお菓子は楽しんでもらえただろうか」

「美味しかった」

「美味しかったよ、殿下」

「美味しかったです」

ぎこちなさが取れない感じでフィエーヤは言った。

「初めまして、フィエーヤ・ウェントゥス。宰相から聞いている。優秀なんだってね」

「こ、光栄です」

あ、話が終わっちゃった？

「ふうん、どういう風に優秀って聞いてるの？」

殿下の視線が俺に向く。

「よく勉学に励んでいるっていう話だよ。家庭教師たちからもよく予習しているし、真面目に課題もこなす。わからなければすぐに質問するし、わからないことはその日のうちに理解できるよう努力するとも」

うわ～すっごく細かく把握されてんじゃん。しかも殿下にそれを言ってるって……

「宰相って親バカ？」

「セイ、不敬」

速攻でノクスから突っ込みが入った。

「父が、そんなことを？」

呆然とした顔でフィエーヤは殿下に聞き返す。

「ずいぶんと緩んだ顔で言っていたよ。あれは息子を売り込まれるというより、自慢されている気持ちになったかな？」

真っ赤になったフィエーヤは少し嬉しそうな顔をした。

「父がすみません」

「いや、その自慢の息子の君は、謙虚な人物だって知れたからいいけどね」

「え、いえ、その」

内気が発動したのか、しどろもどろになるフィエーヤをそのほかのメンバーは生温かい目で見た。

俺たちのテーブルは最後だったようだ。終わりの時間が近づいていて、そのあとは近況を少し話すだけで終わった。

後日また王家から呼び出し状、もとい招待状が来た。

この間のテーブルのメンバーで親交を深めたい、という招待状だった。

「やっぱりか」

「ん？　やっぱりってどういうこと？」

「あのお茶会はあいつの側近や部下、そして婚約者候補を見繕う目的だということだよ」

「でもあのテーブル、女の子いなかったから側近候補ってこと？」

やっぱり側近候補になるのか。ゲームの強制力なのかな。

「……そうだと思う」

「俺はロアール領で農業したいのに」

「セイは自領が大好きだから当然か。私もロアール領で長く過ごしているから、第二の故郷という気がするよ」

「ノクス……」

ノクスが俺の手を握る。

「私も農業を学んでおくよ。一緒にできるように」

それは、大人になっても一緒にいるってことだよね。

あのプロポーズ、本気なんだ。俺のしたいことを一緒にしてくれるって。

胸がきゅっとなる。

つい、ノクスに寄りかかってしまったのは胸の鼓動を落ち着かせるため。ノクスのいい匂いが俺を落ち着かせてくれるから。

　ノクスは黙って、俺を支えてくれた。


　王宮へ呼び出された日はやはり正装で向かった。

　案内された場所は応接室。

　横長のテーブルに案内されて席に着く。俺は端で真ん中がノクス、その隣がシムオン。向かいがロシュで、真ん中が殿下。その隣がフィエーヤ。最後に殿下がやってきて席に着く。

「皆、よく来てくれた。今日は友好を深めるという目的のお茶会だ。よろしく頼む」

　殿下が開会の口火を切る。皆が頷くと、ノクスが最初に口を開く。

「あのお茶会に参加した皆とこういうお茶会を開いているのか？」

「いや。あのあと、父や宰相らが選出した一部の者だけだな」

「もう、大体決まっていたんだろ。その確認だったたんじゃないのか？」

　と、シムオンが指摘すると、殿下は苦笑して肩を竦めた。

「家柄や、人柄の評判を聞いてまとめたみたいだな。それで君たちが側近の最有力候補だ。当分はご学友って名目らしい。ノクス、セイアッド、ロシュはもともと鍛錬を一緒にしていたが、シムオンとフィエーヤは学院に通うようになってからじゃないと接点はあまりないから、こういった親睦会を何度か開くようになると思う」

「俺、ロアール領で農業するのが最終目的だから、側近は嫌なんだけど」

「お、俺？」

殿下が驚いた顔をした。お茶会の殿下の前では僕って言ってたもんな。

「男らしくしたいって言って、言葉遣いを変えたんだ」

ノクスが肩を竦めて見せた。

「そうだよ」

「やっぱり違和感があるよ、セイ」

ロシュがさりげなく言う。

「男らしくってなんかあったのか？　十歳だからとかなんとか言ってなかったっけ？」

シムオンが首を傾げた。

「俺はアルファなんだ。きっと。だからそう見えるように努力する」

ノクス以外の四人が〝？〟を顔に浮かべた。

「オメガだったら、私と婚約するんだ。ね？　セイ」

「考えてみるって話だったじゃないか！」

「なんだ～そういうことなんだ。今さらだね。ね？　殿下」

「あ、ああ。って？　え？」

殿下が目を白黒させている。

「オメガだったらアルファの側近にはなれないんじゃなかったか？」

フィエーヤが冷静な声で言う。

「ああ、アルファの側で発情期が起こったら危ないしな」

シムオンが頷く。

んん？　その辺、神官さんはさらっと流した気がする。まだ十歳だし、具体的なことは言ってなかった。

「そもそも、今の時点でバース性は決定的じゃないだろう。それを見越して判断したようだから、友好を深めるでいいんだ」

コホンと殿下が咳払いしてまとめた。

「どっちにしろ、セイアッドがオメガになったとしたら側近候補から外れる。それまでは我慢してほしい」

「えー……」

「セイアッド、お前、ほんと不敬罪って言葉知らないようだな」

「殿下の側より、私の側がいいってことだよ。ふられたな、殿下」

「ノクスもその私って気持ち悪いぞ」

「あ、始まった」

「始まった？」

「殿下とノクスは仲が悪いというか、仲よしというか」

フィエーヤとシムオンにロシュが説明している。俺はとりあえず紅茶とお菓子を堪能した。

オメガになったら、側近候補から外れる。それはいいことだ。でも、ノクスが改めてプロポーズしてくる。主人公とじゃなく、俺と？

「セイ、オメガの可能性のほうが高いの？」

ロシュが身を乗り出してこっそり聞いてくる。

「う、うん。体つきとか、うちの家系的なものとかで」

「僕ももしかしたら、そうかもしれないんだ。兄弟の中で一番体格が貧弱だからね。同じように鍛えてるんだけど、どうにも筋肉つかないんだよね。男のオメガは希少だから学院に行ったら大変かもしれないね」

「それってどういうこと？」

「アルファにとって男のオメガって優秀なアルファを産んでくれる相手で価値があるみたいなんだよね。でも、番《つがい》問題があるから誰でもいいわけじゃないし」

「番《つがい》問題？」

「運命の番《つがい》ってこと」

「？」

「お互いに伴侶はこの人しかいないって思う相手だよ。そういう相手がいるのに、ほかの人と結婚したら不幸になるから、相手は慎重にお互い選ぶんだよ」

「それって、自分でわかるの？」

「一目会ってわかる場合が多いそうだけど……その辺は両親も言葉を濁してたから」

「そうなんだ」

「セイはオメガじゃ嫌なの？」

「……わかんない。だって、母様みたいな人と結婚するんだろうなって漠然と思ってたんだもん。それが母様の立場だって急に言われても、困る」

「僕も父のように騎士として頑張ろうって思っていたけど、オメガだと難しいときもあるんだよね。だけど、とりあえずどっちになってもいいように頑張るつもり。セイも、そう思えばいいんじゃないかな」

「……うん」

「俺っていうの、セイには似合わないと思うけど、どうせ、正式な場では使わないんでしょ」

「もちろん。マナーの先生に怒られるし」

「そうなんだ。そういえば怖いって言ってたね」

「うん。にっこり笑ってるのに怖い」

「あーわかる」

そんなふうに俺とロシュが話をしている間、言い争ってるノクスと殿下を横目に、シムオンとフィエーヤは和やかに話をしていた。

そして、第一回殿下と仲よくしよう親睦会は終わったのだった。

エピローグ　これから

今回の滞在期間中、何度か六人だけのお茶会に呼ばれた。

殿下は師匠の鍛錬にはなかなか来れず、ロシュと俺とノクスとシムオンで鍛錬に参加していた。途中からフィエーヤも参加するようになった。

フィエーヤはかなりの本好きで、よく図書館に行っているという。おすすめの本を聞いて読んでみると面白かった。メガネ男子はやっぱり本好きなんだろうか。

トニ先生とはもうお別れで、次の魔法の先生は学院長が紹介してくれたおじいちゃん先生だった。もう現役を退いて、たまに趣味の研究の論文を発表するくらいだと言っていた。学院長に雰囲気が少し似ている。

「よろしくお願いします！」

「よろしくお願いします」

馬車の中で、軽く授業の計画を聞く。

「最初は属性魔法の習得から始めよう。属性魔法は火・水・土・風が基本だ。光と闇もあるが、使うには適性がいる。逆に四大属性は得意不得意があっても誰もが使える。属性魔法に当てはまらない魔法は無属性魔法になる。代表的なものは身体強化じゃ。この辺は教わっているかの。また、いただいている祝福によって固有の魔法が使える場合もある。いわゆるユニーク魔法じゃな。基本は詠唱とイメージで魔法を使うが、魔法陣魔法といって魔法陣を描いて魔法を発動する方法もある。これは基本的に付与魔法に使われる。代表的なのは魔道具じゃな……」

トニ先生が教えてくれた基本の座学をおさらいする授業がすでに始まった。最初に覚えるのは生活魔法。次に属性魔法や魔法陣の基礎など。奥が深いから最初は広く浅く。次に向いてる魔法を深く知っていくことになるそうだ。

公爵邸に寄ってお泊りしてロアール領に戻る。ノクスは学院に入るまでロアール領に滞在することになった。ノクスがそう願ったらしい。

めちゃめちゃ父の額に皺が寄っていたけれど、あの祝福の儀のときにもう公爵にも相談していたらしいんだ。

部屋は今まで通りなんだけど（ノクスの部屋は俺の隣にきちんとある）、夜とか二人きりになるなって言われた。完全に女の子扱いだよ。ため息出るなあ。

でも俺、ノクスが隣にいなくて眠れるんだろうか。こうして馬車でお互い寄りかかって寝ることもなくなるのだろうか。

それは少し、寂しい。

ロアール領に戻ったあと、ヴィンや母にお土産を渡した。料理長の新作料理もお披露目され、楽しい時間を過ごした。

お風呂に入ってから寝るまでの時間は遊戯室か、応接室なら一緒に過ごしていいって言われた。

メイドさんやほかの人の目があるからだって。

まだ十歳なのになにを心配してるんだろう。応接室でお茶を飲んで話をして、寝る時間に部屋の扉の前に立ってお互いの顔を見つめる。

「おやすみ、セイ」

「おやすみ、ノクス」

部屋に入って扉を閉める。

ノクスの部屋の扉が閉まる音が聞こえてしんとした自分の部屋を見た。部屋は月明りでうっすらと照らされているだけで暗い。

「広い」

ぽすりとベッドの上に倒れ込む。シーツから洗濯したての匂いがしてノクスのいい匂いはしない。

上掛けの中に潜り込んで目を閉じる。しばらく寝付けずに寝返りを打っていたけど、いつの間にか寝てしまったらしい。

朝起きたとき、いつも一番最初に見ていたノクスの顔が見えないから心に穴が開いた気がする。

着替えているとノックが聞こえた。メイドさんが朝食の用意ができたと知らせに来たのだ。

「はーい」

着替えて扉を開けるとメイドさんの後ろにノクスがいた。

鼓動が跳ねた。

「おはよう。セイ」

「おはよう。ノクス」

窓から差し込む朝日に照らされたノクスの笑顔は眩しかった。

最推しがめちゃめちゃ尊い。

メイドさんの後ろを二人で並んで歩く。

隣を歩くノクスを見ると俺を見ていた。その表情と目線に目が離せなくて、たった一晩離れていただけなのにノクスに飢えていたって感じた。

そのノクスの手に自分の手が触れてひっ込めようと手を引いた。そうすると、指先を一瞬握ってノクスの手が離れた。その指先の熱が冷めるのが惜しくて手を握り込んだ。

◇◆◇　◇◆◇

一日のスケジュールが少し変わった。おじいちゃん先生から座学と実践を学ぶ時間を多くとるようになった。また貴族学院で教わる内容の予習が追加され、剣術の時間も多くなった代わりに昼寝と遊びの時間が減った。

うげぇと顔をしかめた俺の顔を見てノクスは笑った。

そして冒険者としての活動も週末を利用してしていくことになった。

領都の冒険者ギルドに寄せられるクエストは魔の森関連の討伐クエストが多い。討伐クエストは十二歳のスキル鑑定を受けてからじゃないと受けられないのだ。

師匠と話し合った結果、まずは領都の雑用から受けた。そして乗馬の訓練も始めた。貴族の必須技能であり、魔の森へ行くなら馬は必要だ。屋敷から歩いていくには遠すぎる。

「わわ、待って～」

急に走り出した馬にしがみつく。俺はどうも小馬鹿にされている感がある。

ノクスはすぐ覚えたようで、体幹の差かと半目になった。

「セイ、力みすぎじゃないかな？」

「セイアッド坊っちゃんは手綱を強く握りすぎじゃねえかな」

わかっているけど、怖くてダメなんだよなあ。

「よし、休憩だ」

草むらの上に座り込む。股関節がプルプルしている。

ふわっとノクスのいい匂いが風に載って俺に届く。ノクスが隣に座ったからだ。

「大丈夫？　まだ頑張れそう？」

俺の顔を覗き込むノクスに思わず頬が熱くなる。ノクスの伴侶宣言から、俺はすごくノクスを意識してしまっている。

「うん。乗れないと魔の森に行けないし、そうすると討伐系の依頼受けられないから」

「セイならすぐ乗れるようになるよ」

地面に置いた手の指先がノクスの指先と重なる。

師匠からは、雑草に隠れて多分見えない。

その手をノクスがそっと握り込んだ。

心臓がトクンと跳ねる。

ノクスの体温が伝わってくる。

ザッと音を立てて風が吹き抜ける。体温を奪っていく風に髪が流れた。

「頑張るよ。俺たち、パーティだもん。相棒としてノクスが馬に乗れて、俺が乗れないんじゃあ、パーティじゃないでしょ？」

「うん」

嬉しそうなノクスの笑顔に俺も笑顔を返した。

「休憩終わり！　練習再開するぞ！」

「行こうか、セイ」

ノクスが立ち上がって握った手を引っ張る。

俺はその手を握り返して立ち上がった。

「うん。今日中にマスターする！」

ノクスは手を離さずに馬へと駆け出す。

「え？　ノクス？」

振り返ったノクスの悪戯っぽい笑みに、俺も頬が緩んだ。

父の節度、という声が頭の中に響くけれど、手を離すことはできなかった。

貴族学院まであと五年。

ゲームが開始されるまで、あと五年だ。

ノクスが魔王にならないように、俺はなにができるだろう。

「早く行かないと、師匠が怒るぞ」

「待って、待って〜」

「イチャイチャしすぎだろ、お前ら」

師匠に突っ込まれた！

でも、ノクスの手は離せなかった。

そんな自分の気持ちに気付くのはもうすぐ。

ハッピーエンドのその先へ ―
ファンタジックなボーイズラブ小説レーベル

&arche NOVELS
アンダルシュノベルズ

おれは神子としてこの世界に召喚され――
えっ、ただの巻き添え!?

巻き添えで異世界召喚されたおれは、最強騎士団に拾われる1～3

滝こざかな ／著
逆月酒乱／イラスト

目を覚ますと乙女ゲーム「竜の神子」の世界に転移していた四ノ宮鷹人。森の中を彷徨ううちに奴隷商人に捕まってしまったが、ゲームの攻略キャラクターで騎士団「竜の牙」団長のダレスティアと、団長補佐のロイに保護される。二人のかっこよすぎる顔や声、言動に萌えと動揺を隠しきれない鷹人だったが、ひょんなことから連れられた先の街中で発情状態になってしまう。宿屋の一室に連れ込まれた鷹人が一人で慰めようとしていたところ、その様子を見たダレスティアが欲情し覆いかぶさってきた!?　さらにそこにロイも参戦してきて――!?

詳しくは公式サイトにてご確認ください。
https://andarche.alphapolis.co.jp

異世界BLサイト“アンダルシュ”
新刊、既刊情報、投稿漫画、ツイッターなど、BL情報が満載!

この作品に対する皆様のご意見・ご感想をお待ちしております。
おハガキ・お手紙は以下の宛先にお送りください。

【宛先】
〒 150-6008 東京都渋谷区恵比寿 4-20-3 恵比寿ガーデンプレイスタワー 8F
（株）アルファポリス　書籍感想係

メールフォームでのご意見・ご感想は右のＱＲコードから、
あるいは以下のワードで検索をかけてください。

アルファポリス　書籍の感想　検索

ご感想はこちらから

本書は、「アルファポリス」（https://www.alphapolis.co.jp/）に掲載されていたものを、
改題、改稿、加筆のうえ、書籍化したものです。

モブの俺《おれ》が巻《ま》き込《こ》まれた乙女《おとめ》ゲームはBL仕様《しよう》になっていた！

佐倉真稀（さくら まき）

2023年 8月 20日初版発行

編集－桐田千帆・森 順子
編集長－倉持真理
発行者－梶本雄介
発行所－株式会社アルファポリス
〒150-6008 東京都渋谷区恵比寿4-20-3 恵比寿ガーデンプレイスタワー8F
TEL 03-6277-1601（営業） 03-6277-1602（編集）
URL https://www.alphapolis.co.jp/
発売元－株式会社星雲社（共同出版社・流通責任出版社）
〒112-0005 東京都文京区水道1-3-30
TEL 03-3868-3275
装丁・本文イラストーあおのなち
装丁デザインー百足屋ゆうこ＋しおざわりな（ムシカゴグラフィクス）
（レーベルフォーマットデザイン—円と球）
印刷－中央精版印刷株式会社

価格はカバーに表示されてあります。
落丁乱丁の場合はアルファポリスまでご連絡ください。
送料は小社負担でお取り替えします。

ISBN978-4-434-32466-6 C0093